LE MIE STORIE VERE DI SESSO GAY TRA MASCHI

di Luca Pellerina

Premessa

Ho cominciato per gioco, su un famoso sito di incontri piccanti che si chiama www.annunci69.it, a mettere un annuncio anche io per vedere cosa accadeva. Di cose ne sono accadute molte, a partire dal primo racconto.

Ecco il mio annuncio:

"Sei una persona appassionata del gioco del sesso come me? Ti piace l'idea di conoscere qualcuno che non ti lascerà insoddisfatto? Allora sappi che quello che stai cercando sono proprio io! Contattami per divertirci insieme, per conoscersi o anche solo per due chiacchiere sulle nostre fantasie sessuali....

PER CHI LEGGE IL PRIMO RIGO: passivo, voglioso, talvolta ospitale, dolce, educato e discreto cerco incontri appaganti, interessanti e sessualmente avventurosi.

PER CHI LEGGE DI PIU': Vorrei soddisfare la mia e la tua voglia di trasgredire, perchè l'atto sessuale è una prerogativa di predominio assoluto: dominando e facendosi dominare da altre persone ci si sente migliori e più sicuri delle proprie capacità. Cerco una nuova oasi del piacere, un luogo dove approdare, di nascosto ovviamente, per godere di sensazioni irrealizzate, fantasie non facili da confessare, fugaci ma appaganti momenti di incontro sessuale. Vorrei tenere un comportamento "fuori dalle righe", perchè in fondo siamo tutti peccatori: il sesso è un elemento che si esprime attraverso il corpo e si alimenta con lo spirito, per questo ho bisogno di esplorare. Io sono docile passivo, 46enne, sovente depilato intimamente alla perfezione, leggermente sovrappeso, minidotato, di piacevole compagnia e dialogo. Non ho fretta. Molto graditi i singoli attivi e determinati. Sono timido e remissivo ma non sono uno sprovveduto. Sono fidanzato, e quindi segretamente presente qui. In estate mi piacciono i boschi e praticare il naturismo tra le frasche, le spiagge e i fiumi e adoro il mare, prendere il sole nudo. In inverno amo stare sotto il piumone, e sentire il contatto della pelle e la stretta di un abbraccio. SI anche a soft sex. Sono dolce e mi piacciono anche le coccole nel lettone nudi, un pò per sesso e un pò per giocare tra noi... Adoro baciarti. Mi piacciono anche i piedoni da leccare. Sono semplice, dolce e sincero. Ripeto che sono solo passivo e cerco solo attivo, anche dominante. SOLO SESSO PROTETTO SEMPRE anche orale.

Ringrazio chi è veramente stato capace di essere in sintonia con me e, tra tante scopate a vuoto, qualcuno c'è, e lo sa benissimo di esserci.

NEW! MASSAGGIO EROTICO

in ambiente riservato, ti accolgo nel letto, ti metti tranquillo nudo, e mi dedico a massaggiarti in modo incredibile il cazzo, con creme ed olii essenziali unici, regalandoti una esperienza che ti porterà in paradiso.. un massaggio delicato, caldo, intenso e bollente... per portarti lentamente ad un lunghissimo orgasmo liberatorio senza fine... garantite riservatezza e tanta passione nel farti godere. Lo faccio esclusivamente per il piacere di donare piacere.. pertanto no mercenario e no a mercenari. Vuoi provare? contattami...

Puro divertimento, pura estasi senza limiti.

E adesso sdraiati davanti a me, rilassati per bene, allarga le gambe, esponi il tuo sesso a me, sprofonda la testa nei cuscini, rilassati con la musica da meditazione, chiudi gli occhi e al resto ci penso io, stai per provare l'estasi da orgasmo....

...ANCHE LECCARE UNA BELLA PATATA DA LE SUE SODDISFAZIONI... COPPIE CORRETTE BEN ACCETTE, PARTECIPO LECCANDO LA LEI E FACENDOMI POSSEDERE DA LUI

Coppie con mille regole assurde, imposte e inderogabili: scusate, anzi, sucate, che le regole al massimo le detto io.

Nessun Maestro o Re, quando finisce il Rituale. Non c'è nessuna innocenza più dolce del nostro peccato gentile

.

Rispondere ai messaggi è cortesia, il resto è ignoranza cafona. Per quelli che scrivono sui loro profili che non vogliono essere disturbati da soggetti che non rientrano nelle loro aspettative: cancellatevi dal sito, così non correte il rischio di essere contattati. Il sito è fatto per conoscersi e, se del caso, per incontrarsi. Dire di no, non mi interessa, non costa nulla e ti rende una persona migliore. "

Dall'annuncio, è facile capire quante persone mi abbiano contattato e quante ne abbia incontrate. Circa un centinaio in un anno e mezzo di "attività". Molti incontri da dimenticare, altri memorabili, pochissimi, solo con tre persone, veramente da ricordare e da continuare a frequentare. Qui trovate solo alcuni di questi incontri: le storie sono tutte vere, vissute sulla mia pelle e con il mio corpo, ma soprattutto con il mio cervello.

Buona lettura e, se vi stuzzicano, sapete dove trovarmi.

Il mio nick? Pellerina....

La Prima Volta Col Mio Padrone

Un pomeriggio estivo rispondo ad un annuncio qui su A69, un tipo attivo bsx più giovane di me che mi eccita moltissimo dalle foto… mi risponde subito e mi chiede di incontrarci fuori in un parco. Le istruzioni sono chiare: devo farmi trovare su una data panchina, in tenuta sportiva, con i pantaloncini, lui avrebbe visto me e valutato se gli andavo bene, e se si, allora si sarebbe avvicinato per conoscermi. Vado nel parco dopo mezz'ora, mi siedo sulla panchina e aspetto. Vedo diverse persone passare, ad un tratto un ragazzo bellissimo, alto magro ma con un bel fisico, pulito e maestoso, non faccio a tempo a gustarmelo con gli occhi che mi dice "ciao". Resto basito per la bellezza e il suo modo di fare discreto e gentile e subito immagino che non voglia fare nulla con me, ma mi sbagliavo. Mi dice se lo voglio accompagnare a casa di un suo amico che è in vacanza che deve andare a bagnare le piante. Lo accompagno volentieri, pochi minuti di macchina assieme e arriviamo alla mansarda dell'amico. In pochi attimi mi ritrovo nudo, spogliato da lui come un verme, messo a terra a leccare piedi umidi di sudore e cazzo caldo e duro… ho la bocca piena, non capisco più un cazzo.. odori umori sudore e sapore di maschio sano… sono inebriato da tanto sesso generoso… non capisco più nulla…. Sono rapito e condotto in un gioco perverso fatto di voglie irrefrenabili e tanta porcaggine tra maschi… sto soddisfando un uomo, mi sento un servo del suo piacere, un oggetto funzionale al suo esclusivo godimento fisico e mentale di dominazione, la sensazione di essere dominato, sottomesso e obbligato a dare il mio corpo i miei sensi e la mia dedizione ad un uomo è fortissima… dopo poco sono a pecora sul divano e un cazzo enorme mi spinge dentro nel culo a fondo, con colpi precisi, determinati.. il diametro del suo sesso mi dilata, mi penetra sino al cervello, mi incula in modo magistrale, sto impazzendo dal dolore e dal piacere.. sono inculato da uno sconosciuto bellissimo che mi sta possedendo con energia e godimento.

Sono sottomesso al suo cazzo, non posso divincolarmi, sono bloccato da un palo caldo enorme e duro di carne che mi blocca e mi tiene sotto scacco. Non posso dire niente, non riesco nemmeno a dire una parola, sono sottomesso al suo volere. Mi tiene per le chiappe, mi tira i capezzoli come per strapparmeli, mi maltratta e mi sculaccia, ma con precisione continua ad affondare il suo maestoso cazzo dentro di me, per farmi sapere chi comanda. Dopo molti dolorosi colpi sento il suo cazzo contrarsi, le sue palle bollenti e pesanti svuotarsi dentro di me, in un gesto quasi di disprezzo per il mio culo ormai aperto e scassato da tanto scopare di brutto. Non capisco più un cazzo, mi tremano le ginocchia e il culo si apre ancora di più in spasmi involontari per accogliere il suo cazzo che resta duro come una roccia. Sono stato inculato da uno sconosciuto senza troppi complimenti, sottomesso e usato come un oggetto. Dopo 5 minuti sono in ascensore, esausto, aperto nel culo, voglioso di cazzo e sgocciolante davanti non essendo venuto. Resto sconvolto ed esco con la voglia di farmi scopare da tutti quelli che incrocio.. e così comincia la mia storia di schiavo....

Godere In Natura Nella Natura

D'estate mi piace molto andare a prendere il sole al fiume nudo… vado in una spiaggetta molto carina, appartata, dove c'è spazio per tutti. Vado proprio per prendere il sole, per sentire la sensazione dei raggi caldi sul corpo e sulla pelle, dopo che mi sono depilato tutto perfettamente, per godere del calore e dell'eccitazione particolare che solo una giornata all'aperto può regalare. La sensazione di calore sui testicoli, il pisello che si muove al caldo in una altalenante condizione di eccitazione e rilassatezza… per poi girarmi per esporre il mio generoso culo ai raggi del sole, depilato e morbido, e agli sguardi degli altri uomini che passano e ammirano.. e si toccano… Talvolta la spiaggia è troppo affollata, e allora mi metto in un prato li vicino, in solitudine, nell'erba alta, col mio asciugamano… prendo il sole ad occhi chiusi e mi tocco, mi masturbo, davanti e dietro… immaginando che ci sia qualcuno che mi sta guardando a mia insaputa.. per quello che tengo gli occhi chiusi e gioco godendo…

Un giorno, proprio mentre ero da solo al campo, appartato, sento qualcuno avvicinarsi, il rumore dei passi che affondano nell'erba spingendo una bicicletta.. ero sdraiato col culo esposto… mi saluta un bel ragazzo, magro, depilatissimo con calzoncini e t-shirt. Scambiamo quattro chiacchiere, mi chiede se conosco la spiaggia e molto cordialmente mi invita a raggiungerlo più tardi, che tanto lui sarebbe stato là a prendere il sole.

Mi godo ancora qualche minuto di sole in solitaria, mi metto slip e t-shirt e mi avvio verso la spiaggia. Era poco affollata, e così decido di cercarlo per stare un pò a chiacchierare con lui. Lo cerco e lo vedo supino prendere il sole: aveva un cazzo enorme, bello anche da rilassato, giaceva nudo con il suo sesso esposto al sole, la pelle levigata e abbronzatissima, da frequentatore del posto. Sotto l'asta del cazzo, due belle palle generose e gonfie di sperma.

Mi siedo vicino a lui, parliamo un poco. Mi dice di essere etero, ma di avere delle fantasie: mi confessa che gli piacerebbe molto masturbarsi all'aperto, in presenza di un uomo, che lo spia da lontano, che si eccita nel guardarlo mentre si tocca. Io faccio finta di nulla, perché non credo che l'invito sia rivolto a me, dal momento che stavamo chiacchierando come due amici. Dopo alcuni minuti, mi sdraio anche io a prendere il sole nudi, e il pomeriggio continua parlando della vita, delle proprie esperienze e del più e del meno.

Verso fine pomeriggio, dopo che intorno a noi erano transitati una serie di maschi arrapati che sicuramente si masturbavano dietro le piante guardando verso di noi alla spiaggia, mi dice tutto ad un tratto: "senti, io vado dove eri tu prima nel campo, ho voglia di segarmi… se vuoi mi trovi là…" Io gli rispondo che sarei rimasto ancora un po' lì e poi lo avrei raggiunto. Passati alcuni minuti, mi avvio verso il campo… mi avvicino al posto.. e lo trovo sdraiato sulla schiena, tra l'erba alta, col cazzone in mano che se lo tocca per bene… da lontano lo guardo… lo scruto, mi eccito.. un calore mi avvolge dalle gambe sino ai capezzoli… il cazzo mi si smuove… comincio a toccarmi anche io a quella visione…. Lunghissimi interminabili minuti di pura eccitazione in questo gioco di sguardi reciproci.. più vede che lo fisso e mi eccito e più si sega fortemente…. Piano piano furtivamente mi avvicino.. mi abbasso a terra… lo rimiro in tutta la sua potenza sessuale e bellezza di corpo abbronzato e teso dall'eccitazione.. striscio ai suoi piedi.. un attimo e mi ritrovo coi suoi piedoni in bocca… succhio avidamente.. mi masturbo.. e lui si sega… lecco e succhio…. Salgo… lecco tutte le gambe e le palle…. Il buco profumato e caldo.. coi coglioni che mi sbattono sul naso mentre si mena il cazzo su e giu.. un coro di sospiri da parte di entrambi.. il mio cazzo in mano mi sta per esplodere… sento il suo pulsare e sento sotto la mia lingua il suo buco contrarsi…. Sino ad un fiume di sborra calda e densa.. che schizza sui miei capelli sulla mia faccia e sul suo pube… un sospiro di liberazione e godimento infinito…. Un cazzo che erutta forte la sua lava bollente in una festa dei sensi.. in meno di due secondi mi sborro anche io in mano, un fiume di sborra densa e profumata mi impiastriccia le mani e le gambe... un profumo di sborra si leva mescolato a quello dell'erba...restiamo storditi, sborrati sporchi e immersi in una natura accogliente, calda e sensuale come le nostre sborrate e il nostro gioco da maschi eccitati e pronti a farlo di nuovo… l'estate è poi continuata, e anche i nostri incontri…

Il Mio Insaziabile Culo In Pasto Ad Uno Sconosciuto

Avevo una voglia molto forte quella notte.. non mi era bastato di masturbarmi prima col butt plug nel culo e poi col cazzone di lattice enorme.. il mio buco chiedeva un cazzo vero, caldo, pulsante e duro. Desideravo essere preso e scopato a pecora, in fondo con colpi lenti e pesanti ma inesorabili… i miei capezzoli bollivano sotto le mie dita che li torturavano da ore, il mio cazzo pendulo sgocciolava presperma.. nonostante le tre sborrate con sega. Ebbene si: cercavo cazzo, come una troia affamata, come un lupo divoratore di carne bollente.. non avrei trovato pace sino a che non fossi stato brutalmente soffocato nella mia voglia animale di cazzo pulsante in culo. Mi misi al PC, per cercare forsennatamente un maschio in grado di raggiungermi a casa e di scoparmi di brutto, senza tanti fronzoli. Decisi di mettere un annuncio su una bacheca, e dopo pochi minuti mi arrivò una mail con le condizioni: vengo, ti fai trovare a pecora bendato sul bordo del letto, lasci a lato i preservativi, ti lubrifichi già il buchetto, vengo ti scopo e me ne vado come niente fosse. Voglio sborrarti in culo tutta la mia roba.

Non potevo credere ai miei occhi.. di colpo mi salì una eccitazione tremenda… mi muovevo per casa per preparare tutto alla perfezione.. le luci basse… il letto coi preservativi, il culo umettato di crema profumata… e attesi che suonasse il campanello…. Appena sentii suonare, andai alla porta, lasciandola socchiusa.
A quel punto mi precipito di nuovo in camera e mi bendo gli occhi con una mascherina di quelle da aereo, e mi metto in posizione.

Sento i passi di un uomo, sento la porta che si chiude dietro di lui, sento e percepisco la sua presenza in camera: è arrivato. Sento il respiro, i suoi occhi addosso. I miei sensi sono puntati sull'olfatto e sull'udito, dal momento che solo il buio percepiscono i miei occhi. Sento il rumore della cintura che si slaccia, sento la stoffa dei jeans scivolare lungo le cosce possenti e lo strusciare dei suoi peli sulla stoffa dei pantaloni che si abbassano. Sento il cazzo sciabolare nell'aria appena associo il rumore di elastico che viene teso a quello dei suoi slip che vengono calati frettolosamente. Mi immagino quel cazzo, il suo corpo giovane, la sua virilità. La stanza si riempie di odore di maschio che sta per scoparmi, quell'odore di peli, di cazzo e di coglioni che si libra nell'aria mi inebria e mi fa aprire il buco del culo. Un attimo e sento il cazzo nudo che si struscia sulle mie generose chiappe… un cazzo duro come la pietra, largo e ben incurvato… lo sento appoggiato con l'asta sul mio buco, aperto come una rosa carnosa che aspetta il bacio del diavolo… contemporaneamente sento le sue mani prendere il preservativo ed aprirlo.. il suo cazzo si stacca dal mio culo e la sua mano infila il preservativo, mentre l'altra si appoggia aperta e piena sulla mia natica sinistra… un attimo e lo sento spingere caldo sul buco.. un momento dopo è dentro. Tutto. Soffoco dal dolore e dal piacere. Finalmente un palo di carne calda in culo, che mi riempie e mi toglie la voglia, che mi ingravida di piacere e mi placa i bollenti spiriti. Colpi lenti e decisi, le sue mani afferrano i miei fianchi morbidi e mi impalano a quel totem di piacere, profondissimi affondi di cazzo senza una parola, senza un sospiro.. una macchina del sesso inesorabile.. aveva detto che sarebbe venuto per scoparmi di brutto e così sta facendo… non resisto al godimento.. la sua cappella sapientemente entra ed esce soffermandosi sulla mia prostata che ormai urla soffocata dal presperma che mi sgocciola dal cazzo…. Un colpo dopo l'altro.. le sue palle contro le mie… un cazzone pieno e spesso tutto dentro sino in fondo… il ritmo aumenta.. io mugolo come una cagna ma niente.. questo non emette un suono e scopa, esegue il suo compito alla perfezione. Un divenire di colpi sempre più perfetti… sempre più lunghi.. ormai entra ed esce ogni volta dal culo magistralmente.. sto impazzendo… sborro da sotto senza toccarmi e intanto questo diavolo mandato dal cielo mi scopa e si eccita… ancora tanti lunghi colpi sino a sfinirmi.. e poi sento il cazzo contrarsi ed espellere nel preservativo decilitri di sborra.. la vorrei in culo ma non si può.. il tizio si ferma ad affondo totale dentro di me.. scarica tutto il suo seme rovente per bene… contrae e spinge ancora…la cappella me la sento in gola… sto morendo.. ho il culo dilatato e rotto e mi sento l'ultima delle troie sulla faccia della terra…. Un attimo ed esce dal culo… che respira aria e vive di vita sua… la colatura della mia sborra ormai rappresa sulle mie cosce lisce profuma di rosa…. Pochi istanti e lo sento allontanarsi mentre si chiude i pantaloni.. un attimo e la porta si chiude dietro di lui. Resto sul letto bendato, sfinito, col culo aperto.. e con ancora più voglia di cazzo….

Scopato E Abusato: Storia Di Una Notte Di Sesso

Apro gli occhi, appena sento la porta di casa chiudersi dietro di lui. Mi sto riprendendo. Sono a terra, in corridoio, con gli occhi bendati. Il marmo gelido del pavimento mi taglia il fianco e parte della schiena. Ho il mio cazzo in mano, semimoscio e sborrato, sento il mio seme sulla pancia rappreso, e sento il mio buco sotto ancora bollente e grondante di lubrificante. Il mio naso percepisce ancora il suo odore, misto a quello di sperma e di preservativo che sento vicino alla mia faccia, a terra. Mi sono appena masturbato sotto i suoi occhi, mentre si ricomponeva mi ha ordinato di farlo, anzi, mi ha detto che ero stato bravo e che potevo masturbarmi mentre lui se ne stava andando. Io l'ho fatto stringendo con la mano libera la sua caviglia, mentre lui era in piedi a fianco a me, che ero a terra, e godevo nel toccarmi sotto i suoi occhi. Ora se n'è andato, lasciandomi esausto.

Ma andiamo con ordine.

La serata si preannunciava divertente. Avevo organizzato che venisse da me alle 22 il mio amico PierCarlo, un bel 53enne alto, magro, bel cazzo, bel buco largo. Con lui avevo già fatto un bel massaggio al suo cazzo e usato sul suo buco un dildo di silicone molto grande.
Aveva goduto come un porco, lo avevo penetrato sul letto col dildo a fondo e ripetutamente, ma soprattutto lentamente. Gli avevo massaggiato il cazzo con tecniche tantra a lungo, un bel cazzone lungo, duro e oliato da creme e olii essenziali. Una bella sborrata dopo un ora di penetrazioni e massaggi lo aveva sparato direttamente in paradiso. Per ricambiare, mi aveva promesso di ritornare per incularmi come si deve, insomma uno scambio di cortesie. Alle 22 arriva, ci mettiamo nel letto, ci tocchiamo nudi sotto le coperte, giochiamo, mi riempie di carezze di baci e di attenzioni, ma il suo obiettivo era quello di scoparmi. E così fu. Mi penetrò con irruenza, rivelando un lato di se animalesco e determinato, bei colpi di cazzo a sfondarmi, a prepararmi per il proseguo della serata. Dopo un'oretta circa arriva l'sms di Ivano, un bel maturo, corpulento e profumato, dotato di intelligenza rara e di un bel cazzo a lattina, spesso, duro, largo e bello scappellato. In pochi minuti arriva anche lui, e ci trova nel letto belli caldi… si spoglia e mi mettono subito in mezzo.. ho le mani da tutte le parti… PierCarlo tocca il suo cazzo, Ivano mi strizza i capezzoli, sento mani sulle cosce, gambe che stringono le mie.. cazzi che si sfregano e pulsano… in pochi minuti la prima penetrazione. PierCarlo a 90 sul bordo del letto e Ivano che lo scopa… il buco di PierCarlo è ancora stretto, si lamenta… io lo accarezzo e lo sego da sotto, lo incoraggio e lo seguo nel suo percorso, mentre Ivano da dietro non sente ragioni e continua nella sua opera di sfondamento… siamo in tre..

l'azione si fa movimentata…. Dopo poco sono io a 90 con Ivano che mi scopa.. ma PierCarlo non resiste si mette preservativo anche lui e si alternano a sfondarmi il culo.. io gemo e mi lamento ma è tutta scena… essere posseduto dai cazzi è il mio obiettivo e godo dentro di me come una carogna assatanata… Poi Ivano non resiste a vedere il culo di PierCarlo che pompa nel mio e subito lo incula… siamo a panino ora.. io a pecora sul letto, PierCarlo dietro in piedi e Ivano che sovrasta tutti e incula PierCarlo… Ivano da il ritmo, io sono il terminale di questa fila di cazzi.. si gode alla grande…. PierCarlo si sfila dal mio culo, toglie il preservativo e in piedi si fa una sega furiosa guardando Ivano che incula me… si sborra in mano e tutto lungo le gambe… in pochi attimi mi viene anche Ivano nel culo… una apoteosi di maschi che godono e sbrodano… siamo esausti tutti e tre.. preservativi ovunque e tovaglioli per asciugare i cazzi i buchi e il sudore… qualche minuto tutti nudi nel letto a scherzare e commentare, io in mezzo beato… ma so già dentro di me che non finisce qui. So già che dovrò raccontare tutto al mio Padrone, che si ecciterà e vorrà scoparmi per punirmi del tradimento.

Dopo qualche minuto i due si rivestono, salutano, e vanno ognuno per la sua strada. Io vado al PC e scrivo al mio Padrone la relazione dettagliata di ciò che ho appena fatto. La risposta non tarda ad arrivare: mi scrive subito, mi ordina di farmi trovare nudo nel corridoio, a terra, bendato col culo lubrificato, le sigarette vicino e preservativi. Vuole scoparmi il culo già aperto da altri. Premetto che il mio Padrone (vedi altri racconti) è un uomo bellissimo, alto, dai tratti nobili, autoritario, e porta in mezzo alle gambe un cazzo meraviglioso. Per me, il miglior cazzo del mondo. Un cazzo duro, largo, lungo, curvato al punto giusto, scappellato a meraviglia, profumato, sempre pronto e pieno di nettare. Due coglioni sotto da favola, belli pesanti e meravigliosi da leccare. Il mio Padrone è molto autoritario, mi comanda, mi sottomette e mi fa suo in qualsiasi modo e momento. Io devo sempre essere pronto per lui, giorno e notte. Se mi cerca io devo correre e fare tutto ciò che mi ordina di fare, per il suo piacere. Pertanto, senza pensarci un attimo, mi misi subito nudo a terra in corridoio, bendato e in attesa del suo arrivo.

Dopo un interminabile quarto d'ora, suona. Corro ad aprire e mi metto in posizione. Sento che entra. Sento che non si spoglia. Ho il dubbio addirittura che non sia lui. Lo sento avvicinarsi, e nella mia testa volano centinaia di mosche impazzite. Non so cosa abbia intenzione di fare, non so cosa sta guardando, non so cosa sta provando. Sento la suola fredda delle scarpe improvvisamente sulla mia schiena, poi sul mio collo e infine in testa. Col suo piede mi spinge la faccia a terra, in segno di sottomissione. Mi sento un dito gelido in culo che entra senza complimenti. Mi sento subito una puttana che sta per essere violentata per strada al gelo, nuda e abustata. L'eccitazione mentale è a mille. Sento il rumore della cintura che si slaccia. Sento il rumore dello strappo del preservativo, un attimo e me lo ritrovo tutto in culo. Quel cazzo che io tanto desidero sempre e al quale penso ogni volta che mi masturbo adesso mi è entrato tutto in culo, avendo trovato già la strada aperta. Entrato tutto di botto. Mi sento impalato. Mi proferisce degli insulti pesanti, mi rimprovera e mi sgrida.. io sporgo il culo ancora più in fuori per prenderlo tutto bene bene in fondo. Sono pieno di cazzo suo… mi tira su verso di se tirandomi per i capezzoli, sto impazzendo… mi sgocciola il cazzo moscio da davanti.. mentre mi impala… pompate forti, cattive, punitive. Mi scopa coi calzoni abbassati, senza esserseli tolti, come si fa con le puttane. Mi scopa senza pietà, mi lamento che mi fanno male le ginocchia ma niente, ricevo solo sberle e colpi di cazzo ancora più violenti. Non capisco niente, mi sento la cappella sua che spinge e vuole uscire dal pube, mi sento posseduto e annientato da quel cazzo e dalla sua violenta e animale necessità di ridurmi a nulla. Di sottomettermi e rubarmi ogni dignità in cambio della fedele venerazione alla sua minchia e al suo seme. So di essere suo, mi sento suo totalmente, nel corpo e nella mente. So che sta godendo di questo, so che è soddisfatto del potere che esercita su di me. E questo io voglio donargli, in questo momento. Gli dico che sono una puttana, che ho scopato con gli altri prima e con altri ancora nei giorni precedenti, gli dico che mi sta scopando come le zoccole per strada che prendono cazzi da uomini che nemmeno si spogliano ma che calano solo i calzoni, solo per infilarlo e sborrare. Ancora altri colpi pesanti, dolorosi e profondi e il mio culo è una voragine di piacere bollente. Sento le sue palle salire, l'asta diventare di marmo, la cappella pulsare e l'uccello eruttare lo sperma dentro di me. Appena capisco mi dimeno, allargo meglio il culo e le gambe e gemo, godo a ricevere tanto piacere dentro di me. Finalmente il mio Padrone mi ha goduto nel culo, sempre col preservativo, ma ho sentito il suo cazzo scaricare tutta la sua lava dentro di me, in una estasi di piacere e maialaggine estreme.

Mi sento soddisfatto, pienamente appagato, nel mio desiderio di essere dominato per dare piacere, nella mia voglia di sottomissione per regalare momenti di potere a lui che mi vuole per se, che vuole avere il controllo totale e gestire la situazione a suo piacimento. Sono stato in balia dei suoi desideri, sono stato il bersaglio di sfogo del suo istinto animale di predatore, della sua voglia irruenta di essere maschio e di possedere. Ho regalato me stesso, interamente in un momento di grande sesso libero ed estremo. Sono la sua troia, e questa sera l'ho confermato facendo del mio meglio.

Ecco, mi ritrovo a terra, nel corridoio… distrutto, abusato, sborrato e umiliato.. con una serie di immagini infinite di tutta la serata, di tutti questi uomini, che ripercorrerò con la mente per giorni e giorni nelle mie violente, estreme e dolcissime masturbazioni solitarie….

L'incontro Con Te..

Ti sto aspettando. So che stai per arrivare tra mezz'ora. Ho preso la crema, ne ho messa poca sulla nocca del dito che si usa per fare il gestaccio, e me la sono ficcata nel culo, tutta, in un gesto solo. Come avresti fatto tu.Poi l'ho tirata fuori, e senza nemmeno il tempo di respirare mi sono ficcato tutto il dito in culo, sino in fondo. Dolore e piacere insieme, sto cominciado a sentirmi la tua troia già da adesso. Mi si è rizzato il cazzo istantaneamente, e con l'altra mano mi sono strizzato il capezzolo violentemente. Sono pronto per riempirmi il culo con la gomma, come piace a te. Perché tu vuoi trovare la tua troia già piena nel culo. Altro sospiro, altro dolore, altro piacere, e la gomma è tutta nel mio culo, che lo slarga e lo prepara.Mi metto degli slippini stretti, che tengano ben dentro la gomma nel culo, e mi schiaccino il cazzo scappellato davanti. Sono già su di giri, sto già pensando a te che stai arrivando e sei su di giri.Metto il dvd dove si chiavano due ragazzi a sangue nel culo, e mi preparo mentalmente per riceverti.Mi arriva il tuo sms, esco per aprirti e tu scivoli dietro di me nel portone. Entro in casa ed infilo la porta del bagno, tu vai davanti al divano e so che ti stai spogliando.Io mi metto in ginocchio nella doccia, ed ogni movimento mi fa sentire la gomma nel culo che vuole fottermi come mi fotteresti tu.Sono in ginocchio, con gli slip e la maglietta.Tu arrivi in mutande, hai il bozzo del cazzo un po' gonfio, ma non vuoi l'erezione perché ti devi prima scaricare su di me."Eccola la mia troia" mi dici ".. ma che cazzo fai? Spogliati brutta troia che devi prenderti sto cazzo in faccia e tutta la pisciata che ho tenuto per sporcare la mia puttana baldracca succhiacazzi e bevipiscio".

Io mi tolgo t-shirt e slip ma non faccio in tempo: sento già sulla mia testa la piscia calda e bollente, tu mi dici "bevi, troia prendila tutta in faccia e in bocca" e io apro la bocca e sento il getto bollente che mi va dentro.. sulla lingua… ne sento il sapore e l'acidità.. non riesco a respirare… me ne va giù un poca… la sento scendere dentro di me e ne sento il calore e il sapore acre e forte.. ma è la tua piscia…. Me la sento colare lungo i capezzoli e sul pube… sulle spalle e sulla schiena sino al buco del culo che ansima per la gomma.. me la sento colare lungo le cosce… mi stai pisciando addosso..

mi stai ricoprendo della tua piscia bollente.. infinita...Ti sgrulli il cazzo sulla mia faccia e mi ordini di pulirlo. Io eseguo."e adesso lavati, troia, che mi devi sucare il cazzo" mi ordini, e te ne vai di la a segarti sul divano in attesa della tua troia vogliosa.Io mi faccio la doccia, mi sento una troia, col culo pieno di gomma e l'erezione a mille, mi tiro due colpi di sega mentre mi strizzo i capezzoli e mugolo dal piacere... so che di la ci sei tu... pronto a sborrarmi in gola....Vengo di la, mi sbatti per terra e mi fai leccare i tuoi piedi. Il gusto è forte, mi eccita, e mi fa sentire una troia sporca. La tua troia al tuo servizio. Mugolante e fremente di cazzo e di violenza sessuale.Ti sto leccando i piedi, le caviglie e poi le cosce, belle grosse e sode.. miro ai tuoi coglioni.. tu con la mano mi ci fai sprofondare col naso dentro.. mi obblighi a passare prima dal culo... ti affondo la lingua dentro... che sapore di maschio... fortissimo.... Ti allargo il culo con la lingua e tu gemi... sto facendo contento il mio maschio porco e bastardo... speriamo gli piaccia.... Adesso ho i coglioni in bocca.... Poi salgo su per il cazzo... ecco.. l'ho preso.. tutto in gola di botto.. che cazzone che sto prendendo.. lo succhio e mi penetro la gola pensando di averlo nel culo... lo sento diventare di marmo e sento che l'eruzione sta per avvenire.... Eccolo... mi ha sborrato adesso.... Non devo perdere niente.. tu mi hai detto che dovevo ingoiare tutto.. ecco che mi va giù tutta la tua sborra... quanta... troppa..... adesso scendo di nuovo ai coglioni.... Mentre te li lecco dolcemente mi masturbo... tu te ne accorgi e mi dici che sono proprio una troia puttana e baldracca.... Io lecco i tuoi coglioni dolcemente.. appena appena.. ecco che il tuo cazzone si risveglia.. lo riprendo in bocca.. è ancora sborrato.. sborra un po' rappresa... ingoio anche quella... sborra e saliva.... È diventato di nuovo di marmo... adesso lo incappuccio..... resta duro... come di marmo..... mi siedo sopra dopo che ho tolto la gomma..... per un attimo mi sento spaccato in due.. tutto il tuo cazzo dentro e io troia aperta a cavalcioni sul tuo cazzone........ ti sei ripreso... a questo punto parte una scopata furiosa, vuoi rompermi il culo per tutte le volte che non lo hai fatto perché mi hai sborrato subito dentro, questa volta sono cazzi amari per me... ho il culo in fiamme, il tuo cazzo entra ed esce, mi hai fatto alzare sbattuto contro il muro e mi stai scopando in piedi... ho il culo aperto, rovesciato quasi... sei una furia. Stai sudando e gemendo e mi dai della troia che volevo un altro cazzo come se il tuo non mi bastasse.... Mentre mi penetri io vengo ma a te non te ne frega un cazzo, le contrazioni del mio culo perché sto venendo ti eccitano ancora di più.."E adesso suca il cazzo troia" mi dici uscendomi dal culo e togliendoti il cappuccio... e io suco suco un cazzo bollente e pieno di nuovo si sburra bollente... suco e mi stantuffi la faccia.. suco e mi rompi la gola

di cazzo... non respiro più... sino a che ti sfili dalla bocca e ti seghi davanti alla mia faccia... ecco..

mi stai schizzando tutta la faccia.. gli occhi...... mi premi il cazzo contro il naso... e poi scarichi

tutto sino all'ultima goccia in gola.....

PROLOGO
BONUS LA STORIA DI DONATO

SESSO BRUTALE

storia vera tra un ragazzo

e un uomo sposato

Donato Novello

INTRODUZIONE

Donato tiene un blog sul web dove scrive le sue esperienze sessuali sotto forma di racconti, corredato di foto e video, che in molti leggono.

Roberto (RC), un lettore, comincia a corrispondere con lui.

Questa è la trascrizione fedele di mesi di mail tra i due.

Per questo vi sono errori di battitura, di punteggiatura e imprecisioni varie, dovuta alla stesura informale delle mails.

La storia è vera, realmente accaduta e le mail sono il copia-incolla fedele di quanto i due si sono scritti.

Si svolge tra Milano e la Sicilia.

E' una storia calda, passionale, eccitante e con un finale veramente a sorpresa, che farà riflettere.

Il sesso, la passione sfrenata, la schiavitù del corpo e della mente, la continua ricerca di limiti invalicabili e giochi pericolosi....

MAILING - prima parte

16.ottobre - RC

mi piace quello che scrivi e soprattutto come lo scrivi

belle foto

16.ottobre - DONATO N.

grazie :-)

17.ottobre - RC

pubblicato un nuovo racconto?

17.ottobre - DONATO N.

non ancora, più tardi magari

17.ottobre - RC

ma non ci si può iscrivere così quando aggiorni mi arriva una e-mail?

17.ottobre - DONATO N.

devo vedere ma penso di si, puoi inserirmi negli RSS, ma adesso magari metto

l'iscrizione :-)

Grazie

Pubblicato

17.ottobre - RC

non ho capito bene cosa devo fare scusa

non sono un mago col computer

17.ottobre - DONATO N.

per leggerlo clicca sul link sotto

18.ottobre - RC

grazie

bello il nuovo racconto, ti è successo oggi?

19.ottobre - DONATO N.

può darsi :)

ma sono uno scrittore... :)

le foto me le fa il mio tipo, ti piacciono?

22.ottobre - RC

cazzo bellissimi anche i due nuovi racconti

e le foto

sei tu nelle foto?

cazzo hai delle cosce...

non sono ancora riuscito a iscrivermi agli aggiornamenti

se non c'è un modo facile non fa niente, di ricordarmi il sito intendo..

ma tu puoi mandarmi una foto qui?

grande però non piccola come quelle sul blog

voglio vederti bene

22.ottobre - DONATO N.

quali racconti hai letto?

Comunque grazie mille,

nelle foto sono sempre io :)

Grazie

23.ottobre - RC

tutti, e adesso l'ultimo con quella foto a culo all'aria

mandamela grande

non ti vedo bene

24.ottobre - DONATO N.

ok

25.ottobre - RC

bellissima questa cazzo

ma chi sono i due?

se li hai fatti solo guardare sei un grande

25.ottobre - DONATO N.

:-)

25.ottobre - RC

mandamene una grande che ti voglio vedere bene, non preoccuparti

non posso salvarla, devo cancellare tutto ogni volta

come faccio a salvare il tuo blog senza che rimanga sul pc?

lo posso fare su una chiavetta?

26.ottobre - RC

ho capito, non mandi foto ok

è solo che da quello che capisco da quelle che vedo sul blog non sembri un frocio,

sembri un bel ragazzo normale

perché scrivi? ti piace eccitare i maschi?

sei bravo perché i racconti sono eccitanti ma belli, fanno capire molto di te e anche le foto sono belle e intriganti non le solite foto porno di internet.

leggo il blog tutti i giorni ma devo farlo di corsa perché non sono mai solo e non so come salvarlo sulla chiavetta

sul pc non posso farlo.

immagino che ti scrivano in tanti ma se hai voglia di spiegarmi come fare posso continuare a leggerti tutti i giorni.

Non sono matto e nemmeno frocio, non mi sono mai inculato un ragazzo ma mi sono fatto una sega pensando di inculare te.

Se vuoi smetto di scriverti anche subito se ti do noia.

26.ottobre - DONATO N.

Ciao,

mi fa piacere che mi leggi tutti i giorni e ti spiego come fare a caricarlo sulla chiavetta.

1. Seleziona il testo e premi insieme ctrl+c oppure trasto destro del mouse e selezioni copia

2. Apri un documento di testo e premi insieme ctrl+v oppure tasto destro del mouse e selezioni incolla

3. salvi il documento con il titolo del racconto sulla chiavetta

oppure

dal menù in altro selezioni FILE ---> STAMPA ---> PDF e ti salvi la pagina sulla chiavetta

Non mi dai noia, anzi... è un piacere la tua corrispondenza ma non amo mandare in giro foto, scusami.

perchèscrivo?

Ho iniziato come autoanalisi e quando questa è finita mi sono accorto che scrivere mi fa stare bene e mi piace, successivamente ho scoperto di essere in grado di far eccitare i maschi anche con la scrittura oltre che il culetto ed era cosa buona e giusta ;)

27.ottobre - RC

grazie per la risposta, già pensavo che te la tiri un po'

mi è piaciuto il racconto di ieri, l'ho riletto anche stamattina

già te l'ho detto mi piace quello che scrivi

dovresti mettere più foto o ci sono altri siti tuoi? mi piacerebbe vederti la faccia e le cosce magari anche a colori

ti hanno scopato mai maschi sposati?

posso farti delle domande o non rispondi a cose private?

cerco di trovare il modo di scrivere un po' di più sabato o domenica

27.ottobre - DONATO N.

Il progetto è una foto con ogni racconto, il passo successivo sarà quello di fare un volume con i racconti e più foto.

Certo che mi hanno scopato uomini sposati.

Fai pure tutte le domande che vuoi...

27.ottobre - RC

ma se ti vogliono scopare quelli sposati allora ho capito che sei il tipo che penso

mi viene da farti un sacco di domande ma non vorrei che pensassi che sono solo un porco

sono cose che non mi hanno fatto stare bene per anni ma adesso le accetto

leggere il tuo primo racconto e vedere le foto mi ha risvegliato molte cose dentro

27.ottobre - DONATO N.

chiedi pure, in uno c'è scritto che è sposato

27.ottobre - RC

ok ti piace la polemica... scusa non sono stato attento

mi sono piaciuti pochissimi ragazzi nella mia vita e non me ne sono fatto nessuno

perché ho sempre avuto delle femmine

però ci ho pensato qualche volta

ho visto la tua foto quella col lenzuolo a quadri perché cercavo del porno l'ho cliccata

e sono arrivato sul tuo blog

e ho letto e mi sono eccitato mi è piaciuto tutto, la foto, il racconto e anche che fosse

scritto bene

non ne ho mai trovati di racconti scritti bene.

dopo non sono tornato subito sul blog perché il fatto di essermi eccitato per un

maschio mi ha fatto pensare un po'

ma dopo due giorni sono tornato e ho letto quelli nuovi ho visto le foto nuove e

adesso vengo appena posso.

Cazzo, hai una fica bellissima. Lo so che è un culo ma capiscimi.

Mi sono fatto una sega pensando di leccartela e di ficcarti un dito.

Ti piace fartela leccare dai maschi? E pensi che si immaginino che faccia fai mentre ti

entra un cazzo nelle viscere.....

Sarei anche andato avanti ma ho sborrato subito.

Devo andare.

Ciao

27.ottobre - DONATO N.

certo che sei veramente un tipo interessante ;)

mi piace come parli e anche quello che dici. Ci piacerebbe incontrarti così rispondo a

molte tue domande ;)

Mi piace che un maschio si seghi pensando al mio culo, mi piace che il mio modo di scrivere gli susciti delle fantasie con me.

Adoro farmi leccare il culetto, specialmente appena depilato, a buon intenditore poche parole ;)

28.ottobre - RC

incontrarsi è difficile, io sono di Trapani sono sposato con figli e non esco mai

lo so che ti eccita che un maschio si seghi sul tuo culo ho capito benissimo che tipo sei

lo sto facendo anche adesso, oggi è la seconda

me lo hai fatto venire duro

bravo e adesso mandami una foto grande dai

ciao

28.ottobre DONATO N.

et voilà ;)

28.ottobre - RC

cazzo è bellissima, hai delle cosce... cazzo che belle

non ti posso dire cosa penso perché di persona sono sicuro che capiresti ma scritto magari ti offendi

è difficile confrontarsi così ma mi prende moltissimo, ci penso anche durante il giorno ogni tanto

vorrei essere sicuro di poterti scrivere tutto senza offenderti.

Posso sapere quanti anni hai?

28.ottobre - DONATO N.

Ho 30 anni, e scrivi pure senza problemi, sono bravo a leggere tra le righe, e nel caso non dovessi capire qualcosa stai certo che ti chiederei di spiegarmelo :)

Mi piace il nostro mailing, spero continui ;)
Un bacio

28.ottobre - RC
anche a me piace scriverti
avevo pensato giusto sulla tua età
spero di riuscire a scrivere stasera
un bacio tra le cosce

28.ottobre - DONATO N.
a questa sera ;)

29.ottobre - RC
ieri sera il pc era occupato
e anche adesso ho pochissimo tempo per scrivere
ho appena rivisto la foto che mi hai mandato
e sono durissimo tra poco vado in bagno
te le mangerei quelle cosce fino a fartele grondare di saliva
e te lo ficco io il cazzo odoroso ti faccio sentire come ti allarga le cosce un pezzo alla
volta
con le cosce in aria così ti vedo in faccia mentre sei ficcato
mentre ti striscio la carne devi pensare solo al mio cazzo
con quelle cosce devi pensare solo al mio cazzo
mandami un'altra foto dai

29.ottobre - DONATO N.
quando sono scopato penso sempre solo al cazzo. Per me non esiste altro in quel
momento.
Mi piace offrire le cosce e farmele prendere.

Mi piacerebbe sentirti dentro...

29.ottobre - RC

lo so piccolo non devi cercare di fare lo scafato con me

non devi difenderti

non c'è niente di male in te

ci sono i maschi, le femmine e ci sono quelli come te che sono pochissimi

so che sei maschile nel comportamento e nella voce e si vede che non sei frocio

non mi piacciono i froci se no me ne sarei potuti chiavare alcuni.

Nei racconti si capisce che i cazzi ti fanno sentire sporco qualche volta

vorrei dirti che non devi ma questo veramente ti rende ancora più eccitante

se ci incontrassimo forse ci rimarresti male

non vorrei parlarti prima, vorrei metterti subito a gambe all'aria sul divano

mentre mi meno il cazzo guardandoti tra le cosce e poi ficcarlo fino in fondo e

sporcarti dentro la pancia, voglio marchiarti l'anima

poi ti porto a letto e ti faccio dormire sul mio torace

ma tutto pieno tutta notte

quanti ti hanno marchiato?

sono quelli che contano

lascia perdere le cose con la gomma è solo ginnastica non mi interessano

quello del primo racconto è stato davvero il primo?

ho visto adesso che mi hai mandato un'altra foto

quella che volevo, bravo

come foto è più bella in bianco e nero ma così è perfetta per me

quello che te l'ha fatta ti ha segnato di sicuro, già ti vedo con quella fichetta tutta

bagnata

che meni le cosce per difenderti ma più ti muovi e più affonda e rantola

mmmmmhhh

29.ottobre - DONATO N.

Hai ragione, prima ho cercato di essere scafato ma non lo sono, in realtà nel rapporto a due, anche se non direbbe, mi imbarazza parlare di sesso.

Sono figlio di puritani, i miei genitori hanno sempre vissuto il sesso come una cosa di cui vergognarsi ed è dura levarsi di dosso questa sensazione.

Hai pienamente ragione quando dici che il cazzo mi fa sentire sporco. Mi spiego meglio, a me piacciono i cazzi, ma l'educazione cattolica mi porta a vivere quest'attrazione come un peccato, quindi vivo la sodomia come una purificazione, una penitenza per esserne stato attratto.

Non so se mi sono spiegato.

Per quanto riguarda il nostro incontro la tua descrizione rispecchia ciò che mi aspetto.

Mi piace l'idea che tu voglia marchiarmi ;-)

Il tipo che mi ha fatto la foto in effetti mi ha marchiato, quando mi ha fatto quella foto ci conoscevamo da un paio di mesi, ma mi ha marchiato dal primo incontro. Poi ha continuato per 8 anni e mezzo e ancora lo fa.

Quello del primo racconto è stato davvero il primo ;)

29.ottobre - RC

lo so, l'ho capito subito che facevi il duro

ti piace ci vuoi giocare ma finisci sempre culo all'aria con uno che ti monta

ti sarai chiesto come mai?

sei giovane forte bello e dopo sei sempre a cosce aperte

magari lasciato nel letto da uno che finito il suo mestiere se ne va e ti lascia li senza che tu te lo puoi togliere da dentro

ti brucia la fichetta perché con te non si va a passeggio

fai venire voglia di essere quello che te lo ha ficcato più in fondo

lui ti fa da 8 anni ma lo sa che tu devi essere di tutti non puoi darlo solo a lui, lui lo sa

si capisce dai tuoi racconti che magari li esageri ma certe cose non si inventano non va il tuo sito

come mai?

29.ottobre - DONATO N.

La tua analisi mi ha fatto arrossire.

come non va il sito?

Ho pubblicato un nuovo racconto.

Fammi sapere.

Un bacio

30.ottobre - RC

speravo di trovare la foto ma non mi hai mandato nulla

potresti prestarmi un po' più di attenzione

o ti piace che me ne sto col cazzo in mano a vedere il tuo sito?

dai fammele vedere pure a me le cosce dai

fatti una foto per me dai cazzo

30.ottobre - DONATO N.

Scusami,

hai ragione ma mi sono venuti a trovare i miei e sono appena rientrato.

Mi eccita pensarti con il cazzo in mano per me.

30.ottobre - RC

non sei al pc di domenica

peccato, io oggi ho un po' più tempo

mi sono già tirato una sega a pensare a te adesso mi rivedo le tue foto con calma che

di solito le posso guardare poco perché passa sempre qualcuno

quella foto te l'ha fatta dopo averti preso?

ti guardava dall'alto, molto bello... bello cazzo

mmmmmmmmmm

potrebbero anche esserci molti maschi intorno che ti guardano e si tirano il cazzo

ti toccano tra le cosce ti sfiorano la fichetta con le dita sei bendato non sai nemmeno

quanti sono

cerchi di capirlo dalle mani ma sono tante e ti toccano e ti girano e ti sollevano le

cosce

lo senti che si stanno tirando i cazzi sei in calore

poi le lingue tra le cosce fanno a turno a leccare

ti toccano la bocca con le mani e ti baciano bagnato hai tutta la saliva in bocca

sei a pecora sul letto sul lenzuolo azzurro davanti tre maschi che ti baciano si passano

la tua bocca e dietro quelli che ti baciano la fichetta

non capisci più un cazzo ti dimeni vuoi sempre più lingua dentro ti senti sempre

l'orgasmo che arriva ma non devi toccarti

non devi toccarti loro diventano sempre più insistenti le mani sono sempre più

maleducate e anche le lingue ti arrivano in gola e ti leccano sempre più a fondo ti

girano a pancia all'aria

adesso tocca a te farli godere si tirano i cazzi grossi tutti grossi perché i cazzi piccoli

non sono da maschio

sei tutto bagnato e aperto per l'eccitazione sei bellissimo piccolo

entra subito lento grosso fino in fondo è una scena bellissima il tuo uomo fa le foto

tutti colpi di flash mentre ti dimeni e cerchi di parlare ma hai sempre lingue in bocca

il cazzo è fermo piantato in fondo, è il mio, ti guardo e lo tengo fermo ficcato in

fondo

tu ti dimeni per cercare di toglierti e io inizio a sburrare non schizzo la piscio fuori

tanta... mi tolgo e si fanno innanzi gli altri

i maschi sono sempre in competizione vogliono bocca e culo li tieni duri con la bocca

e ti finiscono tra le cosce

30.ottobre - DONATO N.

ti ho mandato la foto,

non ti è arrivata? Dopo aver letto la tua mail sono tutto rosso, per un po' lascerò i miei

in sala

adesso ci sono ma non ci sei tu a quanto pare :-(

30.ottobre - RC

mmmmhhhm che bel buchino che ci deve stare li sotto

non posso più stare al pc adesso la vedo grande dopo

mi piace il tuo cazzetto proprio come lo voglio serve solo a ricordare che

tu non prendi il cazzo perché la natura ha deciso lo prendi perché lo decidono i

maschi

devo chiudere adesso

ti scrivo dopo

un bacio tra le cosce

30.ottobre - DONATO N.

a dopo

un bacio

30.ottobre - RC

minchia che belle le foto

non posso stare sempre col cazzo in mano

e tu non rispondi mai a quello che ti chiedo

se ti secco dillo

ti va di parlare con me o no

30.ottobre - DONATO N.

Ti chiedo scusa, ieri sera sono arrivati i miei dall'Abruzzo e oggi è stata una giornata un po' concitata. Ho appena chiuso la porta della camera.

Sono tutto tuo.

Mi piace parlare con te e certo che voglio continuare a farlo.

Non mi andava di risponderti con un SI o con un NO, meriti di più di un monosillabo.

Esco spesso senza mutande e spesso associo l'evento a pantaloni molto attillati, meglio se un po' laceri. Mi piace far immaginare e farmi guardare.

Sono uno che ama viaggiare con la testa, e faccio di tutto perché un uomo (soprattutto adulto) si interessi al mio culetto.

Pochi mi hanno marchiato, prima di mettermi con il mio attuale tipo ero sprovveduto, non mi credevo immune all'AIDS ma non ci pensavo... alcuni ne hanno usufruito.

Questo mi procurava eccitazione e al contempo un gran senso di vergogna e di colpa.

Non so se riesco a spiegarmi.

Spero che tu sia ancora connesso.

Se ho tralasciato qualche domanda riporgimela, sarò felice di rispondere.

P.S.: sono contento ti siano piaciute le foto. Il mio tipo me le ha fatte dopo avermi scopato, diverse volte. I primi tempi vivevamo distanti e ci vedevamo solo ogni quindici giorni. In 2 giorni recuperavamo i 15 di astinenza. Solo alla fine arrivavano le foto.

Un bacio

31.ottobre - RC

Non ti preoccupare, è tutto chiarito, mi sembravi un po' freddo.

Anche a me piace parlare con te e ricordati sempre che per me le parole sono molto importanti. Come si dice, assai assai.

Ci scriviamo anche in modo particolare ma adesso va bene così, ti scrivo sempre col cazzo in mano e le tue foto davanti e quando rileggo prima di spedire la email penso di cancellare ma ho deciso che invece mando lo stesso. O mi capisci o non mi capisci, è inutile che faccio tattica.

Voglio che sia tutto istintivo, voglio parlare col cazzo. Poi forse parleremo anche di altro. Ma prima devo sapere che hai capito e che ti piace.

Mi hai citato nel racconto o veramente te l'ha detto pure lui che hai una fica bellissima?

Io ti avrei lasciato da solo con lui comunque, pensavo che il tuo maschio l'avrebbe fatto anche lui.

Ti avrei aspettato in macchina con la mano in tasca e ti avrei toccato il buco quando tornavi.

Avrei capito da li non mi serviva fare la guardia.

E le avevi le mutande? Che mutande? Non devi mettere quelle cazzo di mutande con le scritte. Hai rovinato una foto con quelle.

E non ficcarti gli oggetti, mai. Il cazzo non entra facile perché ti allarghi ma perché quella è la sua strada.

Tu lo devi avvolgere, lasciarlo fare, tu devi essere fottuto e lui deve fottere.

Deve percorrerti tutto dentro e trovare il punto dove ficca solo lui

tutti ficchiamo in un punto diverso e tutti sappiamo che quando abbiamo finito e sei solo ti tocchi tra le cosce e ti senti sporco

perché sei appena stato schizzato di nuovo ma se doveva essere diverso dio ti avrebbe dato un cazzo da maschio

e invece ti ritrovi quelle cosce li.

Se sei sciroccato e sei solo esci e trovati un cazzo.

Lui lo sa che ti scrivo? Tanto te lo direbbe anche lui.

Mi piace il tuo cazzetto me lo prenderei anche in bocca ma lo devi tenere così liscio.

Pochi che ti hanno segnato ma quanti? Lo facevano perché alla fine si gode o perché dovevano sburrarti. Non è la stessa cosa.

Sono belle tutte e due ma se uno deve sburrare deve chiavare ficcato per non farti togliere prima che abbia finito.

Così lo puoi fare solo a gambe all'aria, almeno una volta lo deve fare e poi quando un lavoro è fatto è fatto.

Fatti fare delle foto a cosce all'aria dai come quella che mi hai mandato.

Ti chiavava tutto il week end e poi ti faceva le foto mmmmmhhh

e tu eri eccitata per la perlustrazione e te ne stavi li a cosce all'aria con la fichetta umida e un po' aperta

forse già sapevi che avrebbe mostrato le foto ai suoi amici

lo so che ci conosciamo da poco e ancora non mi mostri tutto ma sappilo che io voglio vedere tutto

voglio tenere tutto nella chiavetta devo conoscere te e tutti i tuoi buchi

devi farmi un ritratto completo della tua anima. Vorrei sapere come ti chiami ma per adesso no.

Ti voglio fottere.

Voglio che già ti senti le mie mani tra le cosce e nel tempo in bocca in culo in fica.

Ti piacerà, ti faccio bagnare vedrai. Mandami le altre foto di quando hanno cominciato.

Fammi parlare col tuo maschio.

ho visto che ci sono degli errori ma non voglio correggere niente

ho imparato a cambiare titolo all'email hai visto?

stasera non so se mi connetto perché domani devo portare mia moglie al paese.

31.ottobre - DONATO N.

Mi spiace esserti sembrato freddo ma avevo solo poco tempo.

Penso di aver capito bene con chi ho a che fare e mi piaci. Mi piace quello che mi scrivi e come me lo scrivi. Mi piace perché mi fai arrossire e allo stesso tempo mi fai prudere il buchetto.

Probabilmente se fosse successo oggi neanche il mio tipo mi sarebbe venuto vicino, eravamo all'inizio e sapeva che se non fosse venuto non mi sarei concesso. Non per paura ma per la morale che mi avevano inculcato da piccolo. Se non ricordo male portavo degli slippini bianchi di cotone rigato, niente griffe, niente scritte. In realtà non mi piacciono le mutande griffate, le trovo totalmente antierotiche. Le mutande che hanno rovinato la foto sono frutto di una storia che ti racconterò più avanti.

Il mio tipo sa che mi scrivi, non so nascondergli niente ma anche se cercassi di farlo come potrei far finta di niente? Sarebbe impossibile nascondere il rossore della mia faccia quando leggo le tue email, e a lui queste cose non sfuggono. Non amo infilarmi oggetti nel culetto, non amo niente a contatto con le mie viscere che non sia di un maschio. Forse hai ragione sono un predestinato, mi è stato detto più di una volta. Molte delle quali dal mio tipo. Penso che andreste molto d'accordo. La pensate in maniera similare in molte cose e la cosa un po' mi preoccupa. Non so se ho voglia che parlaste tra di voi perché ho paura che non cagheresti più me.

Mi hanno schizzato dentro in 4, oltre il mio tipo. Il primo maschio con cui ho fatto sesso, quello della notte in albergo.

Il tipo del racconto 27 dicembre e altri due, ma solo uno di questi mi ha schizzato con l'idea di segnarmi, ed è quello dell'ultimo racconto. Il mio tipo non voleva farlo schizzare dentro (lascio sempre le redini a lui, è lui che mi guida) ma il tipo si è rotto il preservativo con l'unghia per marchiarmi, per possedermi come voleva lui, senza limiti e mi scopava gambe all'aria.

Quando il mio tipo mi faceva le foto ero lusingato, ero innamorato, era la prima volta che mi sentivo bello. Ho una storia da ex obeso e la mia vanità gli permetteva di immortalarmi senza limiti. Non avevo nessun tipo di pudore, mai avrei pensato che un giorno avrebbe fatto vedere le mie foto.

Sono disposto a mostrarti tutto di me, ma a piccoli passi, sono una persona tendenzialmente timida.

Voglio essere scopato da te e svelarti la mia anima nuda e cruda. Mi capita spesso di sentirti tra le cosce, queste maledette o benedette cosce che il destino mi ha dato. Voglio bagnarmi al tuo contatto. Voglio essere tuo, vostro.

Non ho capito che immagine vuoi, solo per questo ti farei parlare con il mio tipo. Lui ha in mano l'archivio fotografico, ma come ti dicevo prima ho paura che tu mi metta da parte. Promettimi di non farlo e ti darò il suo contatto.

Non ho notato gli errori e anche se ce ne sono non me ne importa.
Spero che questa sera ti connetta, ho voglia di leggerti prima di dormire.

Un bacio

p.s.: il tipo non mi ha detto che avevo una bella fighetta, era un modo di farti entrare nelle mie cose, volevo appartenessi alla mia realtà. Mi sembra il minimo.

31.ottobre - RC
fammi parlare col tuo maschio
dammi il suo contatto dai

MAILING - seconda parte

01.novembre - RC
non mi ha mandato niente ora devo staccare a domani

02.novembre - DONATO N.

Neanche un segnale, ritiro la posta ogni 5 minuti con la speranza di poterti leggere.

Dove sei finito?

02.novembre - RC

volevo risponderti mentre mi tiravo il cazzo

non ti devi preoccupare non sparisco

ho molto da fare con te

voglio tirarmi in poltrona mente ti guardo sul divano

fammi vedere il culo bravo dai

piegati così mostra la fichetta fammela spiare

ti piace che mi tiro il cazzo per la tua fichetta

adesso girati a cosce all'aria e tieni le mani dietro la testa allarga le cosce aprile non vergognarti aprile

lo so che ce l'aveva molto grosso, apriti

fammi vedere come ti ha fatto la fichetta

mmmmmmmmmmmmmmmmmmm

no si è risparmiato mmmmmmmmmm

te la skizzo io adesso te la schizzo sopra

2.novembre - DONATO N.
Scusa l'insistenza ma avevo proprio voglia di sentirti,
mi mancava quella sensazione che ho quando ti leggo. Imbarazzo unito
all'eccitazione. Cerco di nascondere queste cose al mio tipo, farebbe troppe domande
e io voglio che questo mailing rimanga una cosa nostra.
Certo che te le apro le cosce, non ho più limiti. Hai devastato tutte le mie difese, ieri
sera mentre mi scopava gli parlavo di te e che voglio essere tuo, gli ho detto che
voglio essere scopato da solo da te.
Non ti risparmiare neanche tu, schizzami sul buchetto e riempilo. Voglio essere tuo,
voglio che tu sia mio.

timidamente tuo

P.s.: ti ha mandato le foto?

2.novembre - RC

lo so che ti piace far vedere che sei stato ingenuo... e che ne hanno approfittato

non mi ha mandato niente

2.novembre - DONATO N.

l'unica persona che mi ha detto questa cosa è stata il mio tipo, stiamo insieme da 8 anni e mezzo. Mi fai paura, non so cosa ti aspetti da me e non so cosa io possa aspettarmi da te. Nel tempo sono diventato abbastanza sgamato, ma mi piace fare l'ingenuo. Posso permettermi delle cose che altrimenti dovrei spiegare.

2.novembre - RC

mi aspetto che tu mi faccia entrare e godere come è tuo compito

2.novembre - DONATO N.

mmmmmmmmmm stai già entrando

3.novembre - RC

cazzo non avevo letto bene

la prima volta ti voglio chiavare da solo devo fotterti come voglio e farti tutto quello che voglio

e lui lo deve sapere mentre succede, deve godere anche lui

ma ti sto già togliendo le mutande e lui lo sa e si tira il cazzo

e quando ti fotterò da solo si tirerà il cazzo come se lo tira su quello della stazione.

Io conosco bene queste cose fidati.

io ti voglio chiavare e ti voglio vedere chiavata e voglio sapere che sei chiavata anche mentre non ti vedo

ora devo uscire

3.novembre - DONATO N.

Si, la prima volta assolutamente da solo, voglio rivivere momento per momento tutto quello che si siamo detti, voglio che tu sia mio. Lui lo saprà, sarà nella stanza accanto. Voglio che mi senta guaire sotto di te, sotto i tuoi colpi. Lo so che si tirerà l'uccello, lo so che si ecciterà da morire. La sua eccitazione vive della mia, come la mia vive della sua.

In che senso sa a che punto siamo? Non doveva essere una cosa tra di noi? Scopami, scopatemi e fatemi scopare. Ormai sono tuo quanto suo.

a dopo

3.novembre - RC

quanto era grosso il cazzo della stazione?

quello non ti ha parlato perché non c'era nulla da dire

pisciavi con le cosce scoperte? cazzo pisci sempre così?

è un po' che non mi mostri nulla

quanti anni avevi e lui quanti?

tu volevi essere inculata da quando sei andato in bagno

avevi caldo tra le cosce ti sei sentito in colpa e volevi che ti punissero

e lo hai trovato grosso ti sei sentita allargare la carne all'inizio ti faceva male e ti

puniva ma poi ti è arrivato in fondo

e hai cominciato a spingere indietro lo hai voluto tutto fino in fondo lo hai fatto

sburrare col culo

hai voluto tornare a casa sfondata e sporca con le mutande rotte per essere scoperto

è andata così

vero

fatti fare delle foto cazzo dai

3.novembre - DONATO N.

era molto grosso, non riuscivo a tenerlo in mano. Non ne avevo mai visto uno così grosso e tutt'oggi rimane il più grosso. Quando piscio nei bagni pubblici abbasso sempre un po' i calzoni e piego le ginocchia.

Io avevo 24 anni, lui una cinquantina. Non era mia intenzione essere scopato quella mattina, stavo andando via dal mio tipo e mi sentivo in colpa. Sarà stato questo il motivo per cui mi sono fatto scopare?

All'inizio mi sentivo strappare la pelle del buchetto, mi faceva un male cane ma poi quando ha segnato la strada godevo come una cagna. Ho schizzato senza toccarmi mentre lui mi sborrava nel culo. Alla fine le ho tolte le mutande. Quando sono arrivato in Abruzzo, dopo nove ore di treno, i pantaloni avevano una chiazza dove erano a contatto con il buchetto.

3.novembre - RC
mmmmmmmmmmmmmmmmhmmm
hai un culo da cazzo grosso
sei stagno e bisogna fottere forte per romperti
deve averti fottuto bene per farti schizzare
e in treno ti colava dal culo mmmmmmmm
cazzo
mmmmmmmmm

3.novembre - DONATO N.
Durante il viaggio mi sentivo male, la sentivo uscire ma non riuscivo a trattenerla perché ero largo. Poi mi sentivo in colpa perché il mio tipo non c'era. Era la prima volta che lo facevo da solo. Mi sentivo una merda.

Non potevo chiudere gli occhi e le gallerie erano un inferno. Rivivevo tutta la scena, e fin quando sono arrivato a Milano speravo che mi cercasse. Sapevo che eravamo sullo stesso treno. Ma non lo ha fatto e io neanche perché non prendevo mai l'iniziativa.

E' stata la prima volta che mi sono sentito troietta

3.novembre - RC
cazzo adesso non mi posso segare ti scrivo dopo

3.novembre- DONATO N.
ok,
a dopo

3.novembre - RC
cazzo dovrò anche mangiare in pausa pranzo

non ti ha cercato perché si era già servito
gli piaceva saperti seduto da qualche parte col tuo buchetto allargato
te lo sei toccato vero
mentre viaggiavi
si, bravo una troietta che frigna col cazzo piantato che la sfonda
una troietta che muove le cosce per farlo sistemare meglio
dovevi cercare il modo di fargli vedere ancora la fichetta
pensa che eri pronto e lo potevi riprendere al culo dentro tutto subito
sbattuto dentro uno scompartimento
potevi pentirti a cosce all'aria mentre quello ti rantolava dentro
una troietta depilata che piscia col culo da fuori
brava che bello che sei
bravo
dai faccelo vedere a tutti cos'hai tra le cosce
se la fai a me una cosa così ti piscio la sborra nel culo ti piscio
e adesso toccami la minchia
segala bene e fammi sburrare per terra

mmmmmmmmmmm
è ancora presto per la bocca devi arraparmi di più
devo sentire che sei aperto non perché me lo dici ma perché lo sento
quando ti chiavo mentre schizzo lo devi telefonare
deve venirsi nei pantaloni per la libidine
lo devi telefonare mentre frigni
diglielo che ho un cazzone grosso e duro
concentrati sul culo cerca di tenerlo assieme
diglielo che te lo sto sfondando
digli che stanotte ti ho farcito tutta di sburra
e che ho dormito col cazzo nel tuo culo
mmmmmmmm
cazzo cazzo
sono in ritardo cazzo

3.novembre - DONATO N.
Scusami,
non volevo farti saltare il pranzo né farti fare tardi, ma mi avresti perdonato l'omissione di tali dettagli?
Lo volevo quel cazzo e me lo sono preso, ho fatto in modo che fosse lui a prendermi per sentirmi meno in colpa. Ma non è servito, sapevo di volerlo. Sento il tuo cazzo tra le mani, non schizzare per terra ma tra le dita. voglio sentire il tuo calore addosso. Hai ragione io non sono nessuno per poterti dire che sono aperto, sei tu che devi dirmelo, sei tu che devi sentirlo. Il mio tipo me l'ha insegnato, mi dice che quando qualcuno mi scopa divento solo un buco da riempire. Lui a volte si allontana per vedermi fottuto, a me non sempre piace. Voglio che mi sia vicino. Lui dice che partecipa anche in quel modo ma io mi sento una troia e la cosa non mi fa star bene ma non riesco ad oppormi. Mi piace quando un cazzo mi scopa, senza preservativo ancora di più. Non amo la gomma, come mi hai detto tu diventa subito un atto

meccanico e non mi piace che si faccia ginnastica con il mio culo, voglio che uno lo usi con l'intenzione di usarlo. Voglio che uno che mi scopi il culo per scoparmi il cervello. Per questo voglio essere scopato da te, questo gli dirò quando lo chiameremo. Gli dirò che mi stai sfondando il cervello e che in quel momento sono un po' meno suo. Poi te lo passo, voglio che tu gli dica che sono bravo a prenderlo nel culo, voglio che tu gli dica che mi stai schizzando, che mi stai segnando. Conoscendolo sono sicuro che schizzerà e che mi ispezionerà per bene e allora mi sentirò ancora tuo.

Me lo sono toccato in treno, non ero da solo nello scomparto ma me lo sono toccato. Mi sono venuto nelle mutande.

3.novembre - RC

mmmmmmm

passamelo al telefono gli devo dire che sei stato bravo ma deve sentire anche te

questa volta non scappi deve sentire come sei bagnata

il primo giorno te lo faccio passare col culo piantato

te la devi prendere tutta in culo non devi pensare al tuo cazzetto in mezzo alle cosce

sei tutto culo

come ti pendeva il cazzetto mentre quello ti riempiva da dietro e tu schizzavi era duro o eri fradicio

mentre venivi lui era ancora dentro?

cazzo ti ha sentito godere col cazzo piantato dentro

come te lo toccavi il buchetto cercavi di fermare la sburra

quanto era largo il cazzo fammi un esempio

dimmi bene come è entrato

descrivimi bene tutti passaggi

ti ha sollevato da terra?

è scivolato nel culo o te lo ha allargato lento?

e come pompava?

come hai capito che stava per schizzare?

come ti sei sentito durante l'orgasmo col cazzo in culo?

come ti trattava quando ti ha visto schizzare solo col cazzo in culo?

3.novembre - DONATO N.

Ho schizzato a cazzo molle, non voleva che me lo toccassi. Me le toglieva quando avvicinavo le mani al mio cazzo. E il suo era troppo grosso perché mi potesse venire duro. Ero con le ginocchia piegate sulla punta dei piedi. Ho iniziato a schizzare al suo primo schizzo. Quando ho sentito che il cazzo affondava non ho resistito, non ce l'ho fatta più. Il buchetto si è stretto e lui continuava a pomparmi, mi faceva male, e più mi faceva male più schizzavo. Quando ha visto che ho iniziato a schizzare mi ha sollevato per le cosce piantandomi sul suo cazzo. É entrato dal basso, secco. Non me lo ha neanche bagnato.

Te lo passo al telefono, digli che non hai mai visto nessuno farsi scopare così, digli che ho un buchetto fatto per i maschi. Io gli dirò che mi hai trattato da troietta e lui si ecciterà. Mi chiederà di non lavarmi fin quando torno a casa. Vorrà usarmi usato.

3.novembre - RC

grosso come fammi un esempio cazzo

3.novembre - DONATO N.

come la nuova lattina della coca cola

3-novembre - RC

mmmmmmmmmmmmmmm

non posso pensare a quel cazzo che ti schizza nel culo mentre schizzi anche tu

che ti ficca da sotto e ti tira su da terra mmmmmm

quello era il più grosso che hai preso?

farcito di cazzo

cazzo cosa darei per una foto

3.novembre - DONATO N.

Piacerebbe molto anche a me avere una foto con il tipo...

Sì, è il più grosso che ho preso

4.novembre - RC

ti sei mai fatta chiavare da qualcuno solo perché gli piacevi?

devo chiudere

ciao

4.novembre - DONATO N.

si

4.novembre - RC

cazzo oggi non posso stare al pc

pensavo che mi avessi mandato qualcosa

da chi ti sei fatto chiavare solo perché gli piacevi?

dai, dimmelo, dimmi tutto

dimmi qualcosa solo per me

fatti delle foto per me

non le pubblicare sul tuo sito

le voglio solo io

4-novembre - DONATO N.

da quello del racconto,

era orribile, non mi piaceva ma io gli piacevo e tanto.

Non sono riuscito ad andarmene. Alla fine volevo anche quel cazzo, era un bel cazzo grosso.

5-novembre - RC

ieri sera sono stato a fottere una che mi faccio ogni tanto

ti ho pensato tantissimo

l'ho inculata così tanto che mi faceva male la minchia

credo che non voglia vedermi più ma non fa niente

aveva anche la fica rasata e vista da dietro mi ricordava il tuo culo

l'ho ficcata tutta in una zampata

non l'avevo mai chiavata in culo

ieri l'ho inculata e sburrata

pensavo a quello della stazione

5-novembre - DONATO N.

Dio che invidia, come mi sarebbe piaciuto essere lei. Il pensiero di quello che potremmo fare insieme inizia a non bastarmi più. Ho bisogno di fisicità.

Non serve chiudere gli occhi per immaginarmi al suo posto, tu che mi scopi da dietro e spii il mio cazzetto depilato. Dio che voglia che ho di te.

Mentre tu pensi a quello della stazione io penso che sia tu al suo posto. Mi piacerebbe essere sollevato da te e piantato sul tuo cazzo mentre schizzo senza toccarmi.

p.s.: buongiorno :)

5.novembre - RC

eri lei mentre stava sfondata

trapanata dal cazzo nel culo

mi guardava mentre frignava non ho nemmeno toccato la fica

era il tuo culo che mi stavo fottendo e volevo che andassi a casa a gambe larghe a spiegare al tuo perché

e lei dovrà spiegarlo al suo sbarbato

5-novembre - DONATO N.

Ma quindi hai una certa libertà di movimento, che bello!

Non è poi così impossibile rendere le nostre fantasie reali, basta che io venga a

Trapani e tu passi a trovarmi così come sei andato a trovare lei.

Mi piace farmi scopare gambe all'aria, mi piace guardare un maschio che gode nel

mio culo. Al solo pensiero di averti tra le cosce mi è diventato duro. Mi sa che andrò

in bagno, come faccio a spiegargli perché mi è venuto il cazzo duro?

Quanti anni ha lei?

5-novembre - RC

ho qualche ora di autonomia ma devo mancare al lavoro

adesso non posso pensare che posso chiavarti o per me è un casino nella testa

le fantasie sono più reali della realtà qualche volta

non glielo spiegare vai in bagno piegati con la testa nella tazza e segati

tieni il culo scoperto e segati

di chi è adesso quel culo?

chi fa fantasie?

lei ha 21 anni la chiavo da 4 anni da quando si è messa con un'amico di mia figlia

le ho fatto la fica la prima volta nella cantina di casa

era vergine

e da ieri non è più vergine in culo

per colpa tua

è una troietta bella soda adesso credo che ce la facciamo in altri due a parte il suo

sbarbato

ma è femmina e mi eccita un po' meno

ha i buchi fatti per quello c'è poco gusto

5.novembre - DONATO N.

Per me sei già diventato un casino in testa, è vero le fantasie spesso sono più vere
della realtà.

Sono stato in bagno e non gli ho detto niente. Avevo la tentazione di infilarmi
qualcosa nel buchetto ma so che non vuoi, così non l'ho fatto.

Mi sono segato pensando a te che mi guardavi e ravanavi nel mio culetto.

É tuo il mio culo, in realtà lo è da un po'.

Nessuno fa fantasie, siamo realtà.

Mi piace sapere che per colpa mia hai sverginato il culetto e soprattutto che hai
pensato a me in quel momento. Non era lei che ti scopavi, ero io. Lei era la materia
che ci congiungeva.

5.novembre - RC

non ti mettere cose in culo

se non ce la fai più esci e cerca un cazzo

5.novembre - DONATO N.

Non ho infilato niente, lo giuro.

Adesso è un casino, il mio tipo ha voglia di scopare ma io sono già venuto. Mi farà
male, lo so. Ho il buchetto stretto.

5.novembre - RC

lo devi fare lo sai sei la sua fichetta

fallo godere come devi vedrai che poi quando sei pieno di cazzo ti piace

è solo mentre allarga che devi tenere un po' poi lasciati fottere troietta

la prima volta che vieni ti porto anch'io in albergo e vedrai come ti senti in colpa
dopo per aver goduto come una cagnetta in calore

5.novembre - DONATO N.

Lo farò, non preoccuparti. So mantenere fede agli impegni. A Trapani voglio venirci
con lui, voglio che mi senta mentre mi scopi. Non voglio che partecipi, magari lui
starà in bagno. Voglio che senta il letto cigolare e il rumore delle tue cosce contro le
mie. Voglio che sappia che a poco più di un metro da lui un altro mi sta facendo il
culo ma che non può partecipare. Può uscire solo quando hai finto. Mi piacerebbe che
tu gli mostrassi il lavoro che hai fatto.

5.novembre - RC

mmmmmmmmm
ti depili le cosce

6.novembre - RC

mmmm si voglio allargarti davanti a lui
voglio farti godere davanti a lui
ma non la prima volta
la prima da solo voglio farti dappertutto da solo
come tutti quelli che ti hanno portato in albergo
voglio che lui provi anche per me la stessa eccitazione quando lo legge
mmmmmmmmmm

6.novembre - DONATO N.

Si, mi depilo le cosce, mi piace prepararmi per il cazzo. È giusto, no?
Il mio tipo mi ha insegnato che bisogna sempre essere in ordine per essere scopato e
che i peli fanno troppo maschio e non mi donano.

Mamma quanto mi piacerebbe farmi vedere da lui mentre mi allarghi, sono sicuro che scruterà la mia faccia per vedere quanto mi stai facendo godere.

Ma concordo con te, la prima volta mi porti in albergo, solo io e te, Poi glielo scrivo cosa mi hai fatto. Gli descriverò tutto alla perfezione, voglio che mentre legge deve assolutamente tirarsi fuori l'uccello. Voglio farglielo scoppiare.

7.novembre - RC

sono sempre qui...

in questi giorni sono nei casini

ma torno

7.novembre - RC

per 15 giorni posso scrivere raramente perché ho cambiato turno di lavoro

mi sono segato stanotte pensando a quello sulla spiaggia a cui hai fatto vedere la fichetta

sono proprio dovuto andare al bagno

mi tirava il cazzo e non potevo dormire

trova il modo di farla vedere a qualcuno dai cazzo

ci vai in palestra?

lo so che non ci potresti fare nulla ma fatti guardare la fichetta

puoi andare quando non c'è tanta gente?

7.novembre - DONATO N.

Aspetterò che passino questi 15 giorni, sarà dura ma passeranno.

Vado in palestra tutte le mattine alle 7.00

questa mattina avevo i pantaloncini cortissimi con lo spacco sui fianchi senza mutande. Mentre facevo gli addominali li ho tirati su e si vedevano tutte le cosce.

Un bacio

a presto

8.novembre - RC

mmmmm li provochi

quindi adesso sei in palestra

c'è qualcuno che ti attizza?

qualcuno che vorresti che ti mettesse all'angolo negli spogliatoi?

che ti tirasse fuori una verga tanta e te la facesse toccare

e si fa fare una sega da te di nascosto

devi segarlo senza che gli altri se ne accorgano

lo tieni in mano è tutto bagnato

gli altri parlano e scherzano tra di loro, lui ti sta col cazzo durissimo vicino alle cosce

ti fa tenere giù la mano

si fa segare piano

uno degli altri si accorge che qualcosa di strano

quando escono tutti lui rimane con voi

si avvicina e guarda tu seghi l'altro e tieni gli occhi bassi

lui estrae il cazzo e te lo porta vicino all'altra mano

hai due cazzi nelle mani

loro ti stanno vicinissimi

si guardano

ti spiano tra le cosce si fanno dei cenni tra di loro

tu cominci a scaldarti, ti si infiammano le cosce

cominciano a toccartele, tu pensi al tuo uomo ma sei troppo arrapato

li lasci fare e li seghi lentamente

le mani sono tra le chiappe ti scrutano dappertutto

cominci a mugolare e quelli diventano più insistenti

capiscono che adesso ti possono fare quello che vogliono

li seghi i cazzi sono gonfissimi, ti abbassano i pantaloncini cominciano a guardarti tra le cosce la fichetta depilata e stretta

uno si abbassa e ti allarga le chiappe te la lecca

ti tremano le budella

pensi al tuo uomo ma vuoi essere scopata

loro lo sentono si divertono a farti impazzire

non possono farlo li troppo pericoloso

ti spingono piano verso i bagni e ti buttano in uno

è strettissimo

uno entra con te e l'altro chiude la porta

quello dentro ti punta il cazzo tra le cosce

è grosso grosso ma tu sei in calore

scivola dentro allargandoti e facendoti godere come una troietta

lui rantola e comincia a sbattere

sei inculata fino in pancia

lui comincia a schizzare il cazzo ti sfonda e la senti colare dalle cosce

esce e l'altro entra

ti vede sburrata e tira fuori subito il cazzo

hai la fichetta dilatata da prima

ti ficca subito

ti solleva le cosce e ti tiene appoggiato al muro sollevato

entra da sotto e te lo pianta nel culo

ti solleva e ti abbassa per segarsi col tuo culo

è violento sta per schizzare ti senti trapanare le cosce

non ragioni più e lui ficca e ficca

vorresti resistere per non farlo sfondare così a fondo

ma inizi a schizzare da solo e il cazzo approfitta delle tue contrazioni e si ficca fino in

fondo al culo

nella pancia

e adesso schizza ti riempie e esce

quando esce il cazzo ti senti svuotata
ti lasciano li
sburrata e sfondata

8.novembre - DONATO N.
Buongiorno anche a te

9.novembre - RC
buongiorno

9.novembre - DONATO N.
scusami per la risposta frettolosa di ieri mattina ma ero di corsissima ma volevo darti
un segnale che c'ero.
In palestra mi piace farmi vedere e cerco di farlo con molta discrezione, sono molto
timido...
A volte mi ritrovo a fissare qualcuno nudo e vengo immancabilmente sgamato, in
effetti la discrezione non è il mio forte. Ma la cosa bella è vedere come alcuni cazzi
diventano duri mentre li guardo e mentre mi abbasso mostrando il culetto.

Non vedo l'ora che passino questi giorni, mi manchi.
Un bacio

10.novembre - RC
bello il racconto ma non autobiografico, sbaglio?

10.novembre - DONATO N.
vuoi davvero che ti risponda? ;-)

11.novembre - RC

certo che mi devi rispondere

avevo 10 minuti per tirarmi il cazzo e speravo di trovare qualcosa nella posta

ho ancora una settimana al mare e poi sono di nuovo a casa

anche se non scrivo mandami qualcosa

non è che non scrivo perché non ci penso ma perché non posso

ci penso molto credimi

fatti fare delle foto per me dai

te le ho già chieste ma non mi hai cacato

sei incazzato perché non scrivo?

dai cazzo

11.novembre - DONATO N.

Sei al mare?

beato te.

Mi piacerebbe essere con te in costume, sarei sempre pronto. Mi piacerebbe fartelo
sbirciare tutto il giorno e sventolartelo tutto il giorno davanti alla faccia. Mi
piacerebbe farlo davanti a tua moglie, tu sai che puoi averlo ma non puoi fin quando
lei non va a dormire.

Poi vieni da me e sfoghi tutto.

Buonanotte, non vedo l'ora che passino questi 7 giorni. Un po' mi manchi.

12.novembre - RC

si ma io ci lavoro al mare

sono contento che mi hai risposto

la foto è bellissima mmmmmmm

si vede un po' anche la faccia e quello che vedo mi piace

il culo è mmmmmmmmmmm

chiavata sulla vasca da bagno

anche tu mi manchi, ma non farti raffreddare la fichetta che torno

mmmm cazzo se mi piacerebbe sbirciarti un po'

magari io sto con mia moglie e tu col tuo uomo e tu mi provochi

cazzo mmmmm lui non se ne accorge e nemmeno lei

io ti fisso tra le cosce e te le senti scaldare

mmmmmmm

12.novembre - RC

voglio strisciarti il cazzo nel culo a distanza

mentre sei a tavola col tuo uomo ti senti aprire

cerchi di stare calmo per non farlo accorgere

sai chi è Milo Manara?

tu mangi sei seduto al tavolo di fronte c'è il tuo uomo

ci siete solo tu e lui

eppure inizi a sudare tra le cosce

e le cosce si aprono

il cazzo si fa strada e tu ti apri come una cozza

ma devi stare calmo

lui ti chiede se stai bene

tu dici che devi andare al bagno

vai in bagno e ti metti a pecora

ti tocchi le fichetta davanti

il cazzo ti invade senti il buchino allargarsi

allargarsi

ti sposta le reni

la faccia a terra e il culo in aria, per me

per tutti

mmmmmmmmmmm

non sentirti in colpa lui ha sofferto e ha goduto ancora di più dopo

non potevi fare altro

è la tua natura

credi che non si sia tirato il cazzo mentre sapeva che un altro faceva le uova nel suo

nido?

12.novembre - DONATO N.

Conosco Milo Manara solo di nome, se non sbaglio disegnava fumetti di un tipo che

comandava a distanza gli orgasmi della sua tipa, giusto?

Ora sono seduto davanti al computer e mentre ti leggo mi sento aprire. Sento il tuo

cazzo che si fa strada, sbatte contro le pareti del culo, le sposta, le allarga. Sì,

continua a scoparmi così. Fammi essere la tua cagnetta. Ho il cazzo duro e gli occhi

impallati, non ci sto capendo più niente. Il mio tipo è seduto di fianco a me, mi

guarda e non capisce perché sto arrossendo.

Non so se dirglielo, forse no.

Il cazzo si muove senza che io lo tocchi, cazzo sto venendo. Ho le mutande fradice,

davanti e dietro. Mi hai schizzato nel culo.

Dio quanto ti voglio.

Mi piacerebbe sapere qualcosa di più di te

anni

che lavoro fai

come sei fisicamente

se potessi vedere una tua foto sarebbe l'apoteosi.

12.novembre - RC

te l'ho detto di non tirartela con me

non mi piace che reciti non voglio che mi scrivi i racconti quelli li vedo sul tuo sito se non ti vuoi aprire con me basta che me lo dici

o lui ti legge le cose o reciti

dimmi cosa vuoi sapere e io te lo dico, non è che non te lo voglio dire non me lo hai

mai chiesto

lavoro al porto a volte esco ma di solito stavo in ricezione

ho 45 anni e mi piacerebbe mandarti una foto ma non ho lo scanner

pensi che sono cesso, lo so

ti sbagli ma capisco comunque lo trovo un modo di mandartela se è importante

12.novembre - DONATO N.

Non è un problema, se riesce bene altrimenti fa niente. mi sono fatto un'idea di te e

non è quella di un cesso, anzi...

So che mi piaci.

Sull'età ci avevo preso :-)

Scusami per il messaggio di questa mattina, stupidamente ti ho risposto mentre stavo

scrivendo e probabilmente non sono riuscito a distaccarmi.

Mi chiedi se voglio aprirmi con te? Mi sembra di averlo fatto ampliamente ma non ho

voglio di fare polemiche. Tu mi fai stare bene e spero continuerai a farlo.

12.novembre - RC

bene, seguimi e vi varò godere a tutti e due

solo che a te ti farò godere anche fisicamente prima o poi

non ti ho chiesto la tua faccia perché sapevo che per me è difficile ricambiare

invece le foto del tuo culo sono di tutti

a quanti le mandi?

voglio saperlo per calcolare quanti siamo a segarci

fammene qualcuna solo per me

fatti fotografare e pensa al mio cazzo vedrai che me ne accorgo

13.novembre - DONATO N.

Ti seguirò, puoi contarci.

Davvero un giorno ti avrò anche fisicamente? Mi piacerebbe molto anche se penso
che non riusciresti a prendermi più di quanto tu stia già facendo. Sono tuo in un modo
che non puoi immaginare. A volte esagero, lo so. Ma come ti ho detto una volta
nessuno oltre al mio tipo mi ha trattato come fai tu.

So che non ci crederai ma le mando solo a te, non tutte sono state fatte a questo scopo
ma alcune si.

Un bacio

P.s.: visto che ti interessa il periodo di quello che mi si è rotto il preservativo ti
mando una foto di quell'anno.

15.novembre - DONATO N.

Nessun segno di te. :-(

MAILING - terza parte

17.novembre - RC
sei veramente tu?
sei bellissimo

17.novembre - DONATO N.
sono veramente io,
ero a Londra ed era marzo del 2004.
Un bacio

19.novembre - RC
mmmm che bocca
anche quella è di tutti sai?
dovresti fare bocchini a maschi in piedi e tu inginocchiato col cazzo in bocca e la
fichetta per terra
voglio sbrodolarti in bocca
a fiotti densi voglio sbrodarti bocca e culo cazzo
ti voglio bucare davanti e dietro
mi piacerebbe vederti con 4 cazzi
due in mano e due bocca e culo
ti piace farti fottere dal branco?
lo hai fatto mai?
io ti fotterei per ultimo quando sei a terra tutta sburrata
col culetto rosso usato
mmmmmm
mentre gli altri si raccontano cosa ti hanno fatto
tutta depilata e sporca mmmm
li hai fatti schizzare tutti brava

ti ho sentito da dietro la porta mmmmmmmmm

20.novembre - DONATO N.

Buongiorno,

mi è successo una volta in un boschetto.

Dovevamo essere in 3: io, il mio tipo e un altro e inizialmente è cominciato così. Poi se ne sono aggiunti altri 3. Non sapevo cosa fare, ero eccitato da matti. Per la prima volta mi sono sentito una troietta, loro mi giravano e mi scopavano a turno bocca e culo. Il mio tipo mi ha scopato per ultimo per non rischiare di farli smettere una volta venuto.

Non sto recitando, è successo davvero :-)

p.s.: mancavi tu!

20.novembre - RC

mmmm li ha fatti finire tutti prima

e loro facevano a gara per occuparti i buchi

tu a quattro zampe i primi fanno un po' fatica

e gli altri trovano il lavoro già fatto a metà

in mano non te li hanno dati i cazzi?

erano violenti? ti baciavano? ti cambiavano posizione?

ti dicevano qualcosa? parlavano tra di loro?

quanto ti senti femmina così?

sei tutto bello maschietto ma poi un cazzo

ti striscia le cosce da sotto e la tua fichetta si bagna non è così?

mentre si fa strada tu capisci che è il tuo destino

ti sposta le reni ti fa sporco vuole solo il tuo culo

tu sai che lo devi fare e mentre entra ogni colpo sei più femmina

gli altri ti toccano tra le cosce per vedere quanto ti fotte tu sei imbarazzata piena di cazzo e godi

il tuo cazzetto depilato si bagna

perché sei eccitato e perché ti sputano lì

ti guardano il cazzetto da sopra mentre il cazzone si infila sotto

ti ficca

e lui per ultimo il porco sa il fatto suo

scommetto che vuole cazzi più grossi del suo

tu cerchi di non fargli capire quanto godi scommetto

si capisce da come scrivi

sei fantastica cazzo

te l'ho già detto che devi trovare da leggere Manara

forse in qualche libreria ancora lo trovi

capirai molto di te se lo leggi

sono sicuro

non si trova su internet ho cercato ma non lo trovo

22.novembre - RC

ciao, niente email e niente racconto va tutto bene?

22.novembre - DONATO N.

ciao,

tutto bene, ieri sono stato presissimo dal lavoro.

Ti rispondo questa sera con calma e pubblico un nuovo racconto.

Un bacio bell'uomo.

Grazie per l'interessamento :-)

22.novembre - DONATO N.

Abbiamo trovato in rete un pdf di Manara, adesso lo leggo.

Loro mi erano intorno e non si dicevano niente. Non me lo hanno mai dato in mano, ne avevo sempre tre vicino alla faccia e uno dentro. Al mio tipo gli piaccio perché a letto perdo la mia mascolinità, a volte mi fa mettere mutandine da donna e gli piace farmi scopare da cazzi più grossi del suo perché poi gli piace entrare prima con le dita e poi con il cazzo per vedere come mi hanno ridotto il culetto.

Abbiamo già parlato del fatto che io sia un predestinato, il mio tipo mi dice sempre che con un culo e un buco come il mio non avrei potuto avere altro destino e a me piacciono i cazzi ma hai colto nel segno. Cerco sempre di controllarmi quando mi scopano gli altri ma se ne accorge sempre.

25.novembre - RC
cazzo ti mette le mutandine mmmm
ho il cazzo di pietra
non posso stare stasera volevo solo che sapessi che mi hai fatto rizzare il cazzo

25.novembre - RC
ci sono due tipi di maschi che ti fottono, quelli che lo fanno perché vogliono godere e
quelli che lo fanno perché vogliono modificarti vogliono fotterti più degli altri
vogliono che pensi solo al loro cazzo
io indovina quale sono

25.novembre - RC
cerchi di controllarti e lui ti scopre
quando cominci a godere
quando ti si allargano le cosce
e cosa fa?
lo sai che se tu godi gode anche lui
per questo li vuole grossi perché con quelli non si scherza

se ti sbattono ti sbattono e se ti sale l'orgasmo da li è difficile mascherarlo

è come un cane che si mangia la coda

tu cerchi di trattenerti quello che ti fotte vuole far vedere al tuo maschio che è un toro

ti sbatte e più cerchi di controllare tutto e più ti fotte

tu cerchi di contenerti stringendoti ma così lui sente ancora di più il culo stretto

attorno al bastone

se sente le contrazioni accelera per aprirti ed è lì che tu sei veramente fottuto

e non te ne fotte più nulla di niente

vuoi solo che ti scivoli in culo

che ti monti e ti sbatta

vuoi essere tramortito dal cazzo per non avere vergogna

25.novembre - RC

peccato volevo segarmi ma non mi hai mandato nulla

26.novembre - RC

stamattina avevo voglia di farmi sucare per colpa tua e sono tornato a cercare la

troietta ma ci ho messo un po' a convincerla, ha paura che la scopra il suo sbarbato

ma lo so che gli piace la mia minchia e mi è bastato trovare il modo di farla salire in

auto e niente messa per stamattina.

me lo sono fatto sucare al mare l'ho fatta inginocchiare e sucare mentre le toccavo la

fica con il piede

si è bagnata mentre sburravo, scommetto che lo farai anche tu

poi in macchina l'ho sditalinata un po' e quando si è scaldata bene l'ho inculata

le ho tirato su le cosce e l'ho ficcata in culo

all'inizio solo la punta ma poi schizzando sono entrato tutto mentre lei muoveva le

cosce per cercare di impedirmelo si è sporcata tutte le mutande perché era fradicia

l'ho accompagnata fino a casa dello sbarbato non parlava, lo so che non le piaccio ma

so che le piace la mia minchia

quando torna da lui si sente sporca e tutte le volte dice che non si fa più

e tutte le volte risale in macchina

ti dice niente?

27.novembre - DONATO N.

Ma è sempre quella che hai sverginato per colpa mia?

non immagini quanto vorrei essere lei...

scusa per il ritardo ma siamo stati via per il weekend e siamo appena rientrati.

mi fa mettere spesso le mutandine. Questo weekend non ha voluto che portassi nient'altro.

tu vuoi modificarmi il buco a tuo piacimento, io lo so

lo so che se io godo gode anche lui, ma sono troppo simile alla ragazzetta che ti fai, poi mi sento sporco e mi vergogno. Ma non riesco a resistere, se uno mi scopa io mi faccio scopare

28.novembre - RC

sempre quella è

si vergogna perché si bagna anche quando la scopo nel culo

fa quella che non vuole e non gli piace ma poi si infradicia

allo sbarbato non glielo fa fare ha paura di cosa penserebbe di lei

e lui si perde un gran culo, non ci sono molte femmine col culo giusto

lei è una di quelle

le ho viste le tue mutandine ma nelle foto non si capisce bene, ne hai altre?

hai la fichetta rasata sotto?

lo sai che è inutile cercare di resistere quando vedi un cazzo senti il vuoto dentro e

vuoi che ti riempia lo so

loro ci stanno ma sei tu che li provochi

chi ti sta scopando in questo periodo?

dimmelo e non farmi sospettare che mi nascondi le cose

se non ci diciamo le cose e siamo così lontani che senso ha?

ti si chiava facile o si fa fatica?

quanto ci mette un cazzo a prenderti?

28.novembre - DONATO N.

Sta venendo a trovarci uno per scoparmi, vuole che quando arriva vada a prenderlo

giù per farmelo ciucciare in ascensore, non l'ho ancora detto al mio tipo. Secondo te

devo dirglielo?

28.novembre - DONATO N.

ho sbagliato a scrivere, quello che viene a trovarci vuole che glielo ciucci in

ascensore.

Che devo fare?

28.novembre - RC

fai quello che devi fare e non dire niente a nessuno

se lui ha le palle per provarci in ascensore deve essere premiato

fatti toccare la fica

28.novembre - DONATO N.

Grazie del consiglio,

lo farò.

29.novembre - RC

devi ciucciare piccolo

29.novembre - DONATO N.

Penso di averlo fatto godere a dovere mentre il mio tipo faceva le foto e un video.

La prossima volta vuole scoparmi all'aperto nella nebbia.

29.novembre - RC

mmmm cazzo fammi vedere qualcosa

te lo ha fatto ciucciare in ascensore?

30.novembre - DONATO N.

mi ha solo toccacciato in ascensore, non so se dirlo al mio tipo...

30.novembre - RC

non dire nulla

30.novembre - DONATO N.

e se poi il tipo glielo dice?

MAILING - quarta parte

01.dicembre - RC

fagli capire che quando ti fa qualcosa da solo tu ti lasci andare di più e vedrai che non

dice nulla

e poi il tuo tipo lo sa credimi ti vede più eccitato e capisce che qualcosa ti fa prudere

tra le cosce

gli torna buona anche a lui

capisco che lo vuoi rivedere questo, ti ha chiavato bene allora

e come ti ha toccato in ascensore?

2.dicembre - RC

mmmmmmmmmmmm

minchia sarebbe piaciuto anche a me stare a guardare

se avessi potuto scegliere avrei voluto anch'io guardare, parlare col tuo uomo e il suo

amico e aumentare la tua eccitazione col potenziometro (così vedo se fai quello che ti

dico)

non rimanerci male ma in una situazione così i tuoi veri maschi sono stati il tuo uomo

e il suo amico

anche se lui ti ha fottuto per bene se ho letto giusto

non sentivi cosa si dicevano?

e nella nebbia cosa pensa di fare?

le foto come quelle dell'auto?

3.dicembre - DONATO N.

lo so che sono stati loro due i miei veri maschi e che se tu fossi stato a casa con noi

saresti stato con loro. La cosa non mi dispiace, anzi... Mi piace essere guidato. Ma

quanto ti piace Manara?

Non parlavano ma chattavano e il mio tipo non mi ha fatto leggere cosa si sono detti
neanche alla fine. Siamo pari, non gli ho ancora detto che mi ha palpato in ascensore.
Nella nebbia vuole fotografarci insieme, a mò di ombre.

3.dicembre - RC
bravo piccolo impari alla svelta
quanto mi sarebbe piaciuto vederti aprire le cosce
poi sarei arrivato io quando sei già un po' aperto
non mi piace fare fatica
mi piace che si ficchi fino in fondo facile
quindi se prima ti chiavano gli altri è meglio
mi piace anche che tu sia stanco e vedi come te lo faccio sentire il cazzo
a lui non glielo devi dire che ti tocca senno te lo toglie e a me piace

3.dicembre - RC
mandami una foto dai

3.dicembre - DONATO N.
Purtroppo le foto non me le da e non ho la password del suo computer.
Non farai fatica, il culetto si apre quando sono eccitato

3.dicembre - RC
non faccio fatica sono bravo a leccare
se sei tutto depilato ti lecco tutte le cosce
magari uno ti lecca la fichetta depilata mentre io ti lecco il culetto
faccio fatica a pensarti con un solo maschio
mi sbaglio forse ma credo che godi con più maschi addosso
mi piace che ti lecchiamo tutti tra le cosce fino a che non capisci più un cazzo
tu bendato e noi che ti togliamo le mutandine con la bocca e la lingua

ti piace lo so

dimeni le cosce e cazzo mmmmm

ti devi depilare tutto tutto anche i capelli

ti devi far attraversare da tutti e poi ti finisco io

ti piace così?

anche se sei bendato il mio lo riconosci vedrai

mmmmmmmm

si spingi indietro le chiappe e ciuccia i cazzi di tutti

prima li ciucci e sculetti mentre ti guardo il culo

voglio guardarti il culo mentre li fai colare con la bocca

se resisto ti chiavo se no ti sburro sul buco

3.dicembre - DONATO N.

L'idea di essere bendato in mezzo a più maschi mi attira da una parte ma mi blocca
dall'altra.

Ho paura che mi faccia sentire puttana, e non so come potrebbe reagire il mio tipo.

Ma alla fine chi se ne frega? È lui che organizzerà tutto magari con il tuo aiuto. Non
posso pensarci...

Adesso sono depilato fino a metà coscia, mi sento porco e al mio tipo non dispiace. I
capelli sono rasati.

Tu per ultimo, mi piace. Resisti, ti voglio nel culetto.

3.dicembre - RC

ti chiaviamo tutti dal più piccolo al più grosso

così ti allarghi piano senza traumi

tu li senti tutti e noi ti sentiamo tutto

devi sentirli tutti in culo

da quanto hanno cominciato a piacerti grossi?

mi piace pensare che ti entro allargandoti ma che ti senti allargato e pieno ma non

spaccato

che ti stringi sul cazzo e lo accogli e non che cerchi di scappare

che godi tutta la carne che entra facile

voglio che godi che mi seghi con la pancia mmmm

voglio che ti senti femmina piena di cazzo

senza le mutande sei femmina

femmina e con la fica depilata mmmmm

mmm si struscia dentro tutto il cazzo mmmm

il tuo uomo mi ha mandato delle foto ma non posso guardarle adesso

3.dicembre - DONATO N.

Mi sono sempre piaciuti grossi, deve farmi male per non farmi pensare alla vergogna.

Ho appena comprato delle nuove mutandine, non ti ha detto che foto ti ha mandato?

3.dicembre - RC

non ti fanno male ti aprono le cosce e ti chiavano

li vuoi grossi perché così puoi pensare che è normale che fottano loro

e invece è il tuo culo la causa

ti chiavano anche quelli sposati

credi che siamo froci che ci vogliamo fare il tuo culo?

cazzo voglio vedere le foto ma non posso

me lo voglio godere il tuo culo

fammelo vedere un po' di più

4.dicembre - RC

ho visto le foto

ho il cazzo che mi scoppia in mano

4.dicembre - DONATO N.

che foto ti ha mandato?

5.dicembre - RC

belle me le ha mandate, ma il video?

10.dicembre - DONATO N.

Scusami per il ritardo ma ero perso a depilarmi

Hai ragione, mi piacciono grossi perché è giusto che siano così. Chi ha il cazzo più

piccolo viene scopato e io non ho il cazzo grosso.

Non mi piace essere scopato dai froci, sarebbe troppo scontato.

Mi piace sedurre gli uomini sposati, quella loro espressione da vorrei ma non posso

mi manda fuori di testa, potrebbero scoparmi anche in strada se volessero.

MAILING - quinta parte

16.dicembre - RC

bravo piccolo, vedo che capisci

il cazzo grosso bisogna rispettarlo

e gli uomini sposati sono il massimo perché sanno come si fotte un culo

e se non l'hanno mai fatto con un ragazzo all'inizio magari sono perplessi ma appena

entrano e si sentono il cazzo stretto vogliono farti sentire femmina

all'inizio quindi chiavano per quello e poi quando ti vedono godere ti chiavano per

godere loro

è così, prima si fanno strada e poi esagerano quando sei piantato nel culo

guarda che uno come te uno sposato lo fa morire se vuole

chiavato per strada mmmmmmm

questo mi fa venire la minchia tanta piccolo

vederti chiavato per strada mmmmmm

mi senti poco in questi giorni perché vedo spesso lei e non posso uscire anche per

l'internet bar o mia moglie mi scopre.

il suo frocio è a Milano fino a dopo natale e lei è qui da sola è il momento giusto per

farle il culetto come mi piace

non me la faccio in fica ma è così in calore che sbroda uguale

lei lo vorrebbe in fica ma a me piace farmela bocca e culo

e mi piace farmela da dietro

a te invece la prima volta ti voglio fottere a cosce in aria

ma non devi parlare la prima volta

17.dicembre - RC

mmm cazzo era un po' che non andavo sul tuo sito

voglio incontrarti in treno

il cazzo di Guido sarà sempre il tuo cazzo ma devi farti fare anche da altri

è giusto

lui lo sa anche se non te lo dice

non devi essere sottomesso solo a Guido, devi esserlo con tutti i maschi che ti

vogliono

ho detto maschi capiscimi

se gli fai ingrossare la minchia poi la devi prendere

e devi pensare a lui mentre un'altra minchia ti prende

devi stare sempre con lui nella testa e con tutti in culo

quanto ti piace sentirti strisciare un cazzo nuovo nelle chiappe?

lui lo sa che se ha fatto vedere al ragazzo dove sono le caramelle

il ragazzo se le mangia anche da solo no?

mi sono spiegato?

è come lei, quello se ne va 15 giorni e crede che lo aspetti

ma lui lo capisco è ancora piccolo e non sa capire

ieri sera è stata qui da mia figlia

ma ho capito subito che era una scusa

non lo sapeva nemmeno lei secondo me ma era una scusa

l'ho fissata tra le cosce tutta sera

fino a che è uscita e allora dopo sono uscito pure io e lei stava sotto casa

aspettava capisci?

l'ho caricata in macchina ed era già fradicia

siamo andati al mare e l'ho messa sul cofano con la gonna sopra e mi sono segato

mentre se ne stava li tutta aperta

e l'ho sburrata sul culo e sulle mutande e sulla fichetta depilata

poi mi sono vestito e l'ho riportata a Trapani

così impara a farmi tirare la minchia quando non posso

me la faccio andare mi piace ma voglio un ragazzo

il suo

non me lo ero mai detto ma è così

lo voglio con le mutande di lei addosso

me li voglio chiavare tutti e due ma non voglio che loro lo sappiano

ti da fastidio se mi voglio chiavare qualcuno?

quando leggo le tue cose io un po' mi incazzo ma poi mi sego

17.dicembre - DONATO N.

Ti sei spiegato benissimo, come al solito.

Io e te ci intendiamo :-)

Mi piace farmi scopare da altri cazzi, il mio tipo lo sa e mi ama anche per questo.

Lo sa che mi piace sedurre i maschi e farmi scopare. Mi ha anche visto scopato da un

altro. Lui era seduto sulla sua sedia e il tipo mi teneva piegato sul bracciolo del

divano. Ero in imbarazzo, cercavo di non gemere ma il tipo mi scopava alla grande.

Se devo essere sincero mi girerebbero i coglioni se ti dovessi fare il tipo, con lei è

diverso, non sono geloso. La vivo come un mio alterego, quando scopi con lei è come

se scopassi con me, un po' il gioco di Manara... Con lui sarebbe diverso, tu scopi lui

perché vuoi scopare lui e non come quando lo fai con la sua tipa che quando la scopi

pensi a me.

Però anche tu alla fine sei geloso di me, o sbaglio?

Un bacio

17dicembre - RC

ti ho visto con quell'uomo

ti stava ficcando per bene

sto male ma mandami il video

17.dicembre - DONATO N.

te lo faccio mandare dal mio tipo, ce l'ha sul suo computer.

Mi sei mancato

17.dicembre - RC

dai mandami il video cazzo

18.dicembre - RC

cazzo cazzo cazzo

vedere il culo che stanno per fottere mmmmm

non ti avevano ancora chiavato qui, vero?

ho il cazzo di marmo è così gonfio che non mi tocco le dita

mmmmmmm cazzo che bel culo cazzo cazzo

18.dicembre - DONATO N.

non pensavo di farti questo effetto, wow! Quando mi hai detto che volevi farti il culo
del fidanzato della tipa che ti fai ho pensato che in realtà non ti interessasse più di
tanto di me.

Mi spiace non dipende da me se tenere o togliere i video da youtube, è il mio tipo che
decide, come mai ti da fastidio?

Sono appena tornato da un photoparty in una sauna gay, la mia autostima è cresciuta
un casino...

Piaccio ancora, più di un tipo mi ha detto che si sarebbe fatto fotografare solo se poi
poteva uscire con me, con qualcuno ho esitato prima di dire di no, c'era un mio
collega con me e dovevo tornare in città con lui.

19.dicembre - RC

voglio farmi il tuo di culo

che vuol dire fotoparty in un posto di froci?

i video su youtube non li devi mettere

promettimelo

e non devi far vedere la fichetta in rete ma solo a me

gli altri devono guardarla mentre la chiavano e poi se la devono ricordare ma le prove
le devo avere io

se non sei d'accordo dimmelo subito che mi ero sbagliato sul tuo conto

19.dicembre - DONATO N.

Io sono d'accordo con te ma non dipende da me :-(

è il mio tipo che tiene i file e lui decide cosa farne, a me non dice niente, lo fa e basta.

Io e un mio amico abbiamo allestito un set fotografico in una sauna gay, con un

elevato numero di sposati, piacevo soprattutto a loro... ho avuto un corteggiamento

spietato

19.dicembre - RC

è incazzato perché lo hai fatto cornuto e allora lo sbatte lì per farti vedere a tutti

a noi maschi piace essere cornuti ma vogliamo che lo sappiano solo quelli che

decidiamo noi

ma adesso ci parlo io e la smette vedrai

lo so che piaci agli sposati

ti sei fatto corteggiare?

gli hai fatto vedere qualcosa?

19.dicembre - DONATO N.

Lo so, ma è passato un anno... per quanto dovrò essere visto mentre mi scopano?

Ieri il mio tipo è stato lì poco, è tornato in città presto e io sono rimasto con un mio

collega.

La maggior parte di quelli che ci provavano avevano la fede al dito e con loro mi lasciavo andare un po' di più.

Non potevo spingermi oltre, il mio collega è un carissimo amico di entrambi e non volevo metterlo in imbarazzo, ma ho sempre lasciato la porta del bagno un po' aperta e abbassavo i pantaloni un po' di più. Un paio di volte ne ho beccati un paio che mi spiavano. Mi ha eccitato da matti.

22.dicembre - RM

mmmmm cosa gli hai fatto vedere, dimmelo

scrivo poco in questi giorni perché sono tutti a casa e stanno sempre in mezzo ai piedi

ma ho sempre il cazzo in mano

cosa vuol dire che ti lasciavi andare un po' di più?

cosa spiavano?

quanto spiavano?

22.dicembre - DONATO N.

Mi lasciavo andare alle loro lusinghe facendo un po' il frivolo e lo stupidino, sai cosa intendo ;-)

I pantaloni erano abbassati in modo da far vedere l'inizio delle chiappe, mi spiavano in bagno e quando mi sono accorto della loro presenza mi sono piegato in avanti per far intravedere il buchetto.

Per favore non dirlo al mio tipo che non sa nulla, non so il perché ma mi fido di te.

Buone feste

Un bacio

22.dicembre - RC

mmmmmmm

non dico nulla a nessuno io so stare zitto

bravo non devi farglielo vedere tutto, ma un po' si

li devi far segare per giorni questi porci

devono stare col cazzo in mano come me di continuo

22.dicembre - DONATO N.

Davvero stai con il cazzo in mano di continuo per me?

Vorrei vederti...

22.dicembre - RC

si, adesso trovo il modo di farmi vedere

24.dicembre - RC

lo so che vuoi saperlo

ho riletto le mail e mi è venuto duro

mi piace come mi fai venire duro il cazzo

leggo le tue cose guardo le tue foto e mi tocco il cazzo

mmmmm bella la foto di natale cazzo se mi piace

chissà che bella fichetta tieni la sotto mmmmmm

cazzo fammi vedere qualcosa dai

fatti una foto messo come quando ti fai spiare

mmmmm

cosa pensano secondo te quando ti spiano

mmmmmm cercano di capire che cosa secondo te?

24.dicembre - DONATO N.

Purtroppo non riesco a farmi fare una foto dal mio tipo perché sono in Abruzzo dai

miei, appena torno a casa te la mando.

L'esserti fatto una sega leggendo qualcosa di mio é come se mi avessi scopato la testa e la cosa mi piace tanto. Ho voglia di te!

Non sai quanto mi piacerebbe che tu fossi stato tra quelli che mi spiavano in sauna. Avresti cercato di capire quanto mi piace sedurre ed essere posseduto anche solo con gli occhi, perché è quello che hanno fatto. Ero un loro oggetto mentre mi guardavano, loro lo hanno capito ed è per questo che continuavamo a fissarmi. E più loro mi guardavano più io abbassavo i calzoni. Mi piace quando mi trattano da troietta.

Un bacio

25.dicembre - RC

mmmm sei via da solo

e lui ti ha lasciato andare da solo dovresti tornare con una sorpresa tra le cosce

lui se lo aspetta

quanti giorni stai via?

sei via anche a capodanno? vai a qualche festa da solo?

mmmmm l'idea che stai portando il tuo culo a spasso da solo mi fa rizzare

25.dicembre - DONATO N.

Sono partito il 23 e torno il 27 sera. Non so ancora cosa faccio oggi e domani...

Sei sicuro che se lo aspetta? E se poi si incazza? Quando sono partito mi ha fatto togliere dalla valigia le mutande, non ha voluto che le portassi neanche il giorno in cui sono partito.

Giro senza mutande e questo mi eccita, porto pantaloni stretti e si vede lontano un miglio che sotto non porto niente... Ho il culetto sempre bagnato, pensi davvero che non si incazzerà?

25.dicembre - RC

te le ha fatte togliere lui le mutande no?

mmmmm

cazzo giri senza mutande

non ci posso pensare

25.dicembre - RC

non ti ho fatto gli auguri

ma mi piacerebbe farteli in culo

26.dicembre - RC

ti mando finalmente una mia foto ma devi farmi una promessa

la vedi e la distruggi

per me è importante

devi prometterlo

26.dicembre - DONATO N.

Prometto!

26.dicembre - RC

se non rispondi capisco non preoccuparti.

ricordati la promessa per me è veramente importante

non è vecchissima la foto, è di due o tre anni fa

26.dicembre - DONATO N.

Non risponderti, ma scherzi?

Sei davvero un bell'uomo, mi piaci e tanto. Capisco perché la tipa non riesce ad

opporsi a te, anch'io mi farei scopate da te. Ti sembrerò sciocco ma sei come ti

immaginavo.

Voglio conoscerti e so che anche tu lo vuoi.

26.dicembre - RC

anche se non ho molti muscoli?

26.dicembre - DONATO N.
sì, non mi interessano i muscoli

26.dicembre - RC
adesso che sei in Abruzzo, ma forse sei molto impegnato...
dimmi tutto, mi devi dire tutto
vorrei che mi scrivessi come sul tuo diario
non mi interessano le cose della giornata ma quelle di quando ti senti le cosce...
insomma hai capito
mi interessa quello

26.dicembre - DONATO N.
Ho cestinato la tua foto ma prima mi sono toccato tra le cosce davanti alla tua foto, é stato strano, era come se tu mi stessi spiando... Mi sono immaginato sul cofano della macchina con te che ti segavi guardandomi il buco. Ho schizzato appena ho sentito la tua sborra colarmi tra le cosce.
Ieri sera sono uscito con amici, i pantaloni in pelle erano strettissimi e si capiva benissimo che non portavo le mutande. Tre tipi si sono girati a guardarmi il culo, é stato eccitantissimo soprattutto perché avevano le mogli a braccetto. Dio se ti ho pensato...
Scusa l'assenza di questi giorni ma sono stato abbastanza preso. Domani sera torno a casa e so che il mio tipo mi scruterà il buchetto, spero lo faccia nel bagno di un autogrill appena ripartiamo dall'aeroporto.
Un bacio

26.dicembre - RC

senti se la stampi e la tieni non mi da fastidio ma non voglio che giri in internet anche
perché è una foto del sindacato.
e che trova se ti scruta?

26.dicembre - DONATO N.
Il culetto un po' usato, non fino in fondo ma usato. Uno dei tre tipi era nello stesso
locale dove ci siamo fermati a bere qualcosa, mi ha seguito in bagno e non sono
capace di resistere alle lusinghe, ma non si é fidato ad andare fino in fondo, aveva
paura che la sua tipa potesse insospettirsi, a detta sua é molto lungo a venire. Ma ha
voluto assaggiare il buchetto...

26.dicembre - RC
a cazzo nudo?
ma il cazzo è entrato tutto e quanto tempo ti ha scopato?
rispondi subito dai

27.dicembre - RC
non dovresti farlo a cazzo nudo anche se è sposato è un po' più sicuro
dovresti trovare uno giusto da cui farti chiavare un po'
magari sposato o anche una coppia di maschi ma non froci
così non si creano problemi
e sei sicuro di tornare a casa conciato per bene
perché è questo che vuoi
vuoi che lui ti scopra
vuoi che ti chieda cosa ti hanno fatto
si vede che hai voglia di un cazzo nuovo
e un culo come il tuo non può essere di uno solo
poi quando torni hai ancora più voglia di prendere il suo perché vuoi che cancelli
l'altro

questo lo prendi perchè è il tuo cazzo l'altro lo prendi perché... dimmelo tu perché

27.dicembre - DONATO N.

a cazzo nudo, nessuno dei due aveva in programma quell'incontro. Appena abbassati i pantaloni mi ha piegato sul water e me l'ha messo dentro, avevo il culetto bagnato ed entrato tutto dentro, aveva il cazzo davvero grosso. Ho fatto fatica a non gemere, godevo come la tua troietta.
Mi avrà scopato per circa cinque minuti

27.dicembre - DONATO N.

L'altro lo prendo perché il mio culo non può essere di uno solo, io ci provo a essere fedele ma non ce la faccio, appena ho la percezione che un cazzo mi desidera non riesco a dire no, anzi... Faccio di tutto per averlo.
So che dovrei usare il preservativo ma non é la stessa cosa, ci sarebbe una barriera che non tollererei e che mi farebbe sentire meno posseduto, non so se riesco a spiegarmi. Comunque cerco di scegliere bene, ad esempio con il tipo della sera di natale ero tranquillo, la moglie é incinta e si vedeva che era la prima volta che andava con un uomo, la cosa mi ha eccitato da matti, lui ovviamente non me l'ha detto ma si vedeva da come mi guardava il culo e da come lo toccava. Probabilmente la moglie non glielo da, era eccitante vedere come si sorprendeva delle mie reazioni quando lo toccava e lo leccava. Appena mi ha infilzato stava per venire subito ma si é trattenuto, voleva goderselo... Peccato il poco tempo

27.dicembre - RC
certo piccolo ti sei spiegato benissimo
dammi retta devi trovarti un cazzo che ti chiavi per un po' di tempo così stai sicuro
tu provi ad essere fedele e quindi lo sei
non è colpa tua se le tue cosce si scaldano facilmente
questa estate perché non venite in Sicilia?

ma non proprio qui a Trapani se no per me è un casino

se state nel giro di qualche km posso raggiungerti

ma lui non lo voglio conoscere dal vivo

almeno non subito

non c'è bisogno credo che gli dici niente tanto se siete da queste parti non serve

ti fai una vacanza qui e ti facciamo godere tutti e due

io posso scoparti negli orari di lavoro la sera non posso uscire

magari la sera ti fai scopare da lui

così se vuoi venire con la fichetta ti fa venire lui

con me devi venire col culo

sarebbe il massimo se tu potessi arrivare qualche giorno prima

la troviamo una scusa

voglio che quando arriva lui ti trova in calore come non sei mai stato

così capisce che se ti lascia chiavare ci guadagna anche lui

anche lì dovresti fare così

farti fottere da un cazzo e usare la tua eccitazione per far godere di più il tuo maschio

capiscimi

devi fargli capire che a lui non gli togli niente e anzi lo fai godere molto di più

guarda che si capisce che lo ami anche dal fatto che vuoi fargli sempre più piacere

e se non gli dici che un cazzo ti fotte è una bugia bianca come si dice qui

non fa male ma serve a far stare meglio tutti

allora vieni al mare?

abbiamo tutto il tempo per organizzare bene

27.dicembre - DONATO N.

Quello che mi hai scritto mi da sollievo, la pensate uguale per molte cose e spero che
questa sia una di quelle. Io ci provo a resistere ma non ce la faccio, é più forte di me.
É vero che poi mi faccio scopare da lui più a fondo per eliminare ogni traccia
dell'altro, ma ho paura ad avere uno fisso, non mi va di compromettere la testa dopo

quello che é successo l'anno scorso. Con te é diverso, con te la testa é già
compromessa. Hai iniziato con lo scoparmi la testa e la penetrazione fisica sarà solo
la chiusura del cerchio, ma la voglio, voglio sentirti dentro, voglio averti in pancia.
Ho già proposto al mio tipo di venire in vacanza in Sicilia e mi ha detto che si
potrebbe fare, potrei dirgli che parto un paio di giorni prima per andare a trovare i
miei in Abruzzo e invece verrei direttamente da te. Che ne dici?
Non conosco bene la tua zona, potresti consigliarmi qualche località a poca distanza
in modo da vederti tutti i giorni. Ho una voglia di te che non puoi neanche
immaginare.
Un bacio

28.dicembre - RC
se le cose tra te e lui vanno bene non dovresti preoccuparti
se tu resistessi poi saresti insoddisfatto e questo crea problemi
devi arrenderti tranquillamente al fatto che a te un cazzo non ti basta
e anche lui lo sa
tu vuoi il TUO cazzo, quello che ti coccola, che non ti fa sentire in colpa
ma vuoi anche quelli che ti bastonano e che ti fanno rodere dalla vergogna
vuoi essere svergognata
per questo in fondo vuoi che ti scopra

una settimana prima non ce la fai?
quando arriva lui voglio averti domato per bene e essere sicuro di averti fatto tutto
come voglio
sei tornato a casa?
ti ha ispezionato?
posso stare con te negli orari di lavoro ma la sera no
e anche a pranzo devo tornare a casa ma solo due giorni
vedrai come ti faccio

ti voglio forgiare il culo

oggi la vedo

28.dicembre - RC

posso ospitarti una settimana a fine agosto se me lo fai sapere prima di aprile

qui sarebbe perfetto perché potrei dire che sei un affittuario

28.dicembre - DONATO N.

wow che bel posto,

ho deciso che gli dirò che vengo una settimana prima. Se è come dici, capirà.

Dici che mi lascerà venire?

Voglio che per una settimana io sia lei, voglio riprendermi il mio posto. Riuscirò a

convincerlo, vedrai...

Dal tuo cazzo non voglio essere coccolato ma questo lo sai già.

Un bacio

28.dicembre - RC

vedrai che capisce

ci penso io a lui se vuoi

quando capisci che sa o sospetta che ti sta facendo un altro cazzo

tu fai con lui tutto quello che gli piace di più

dare-avere mi sono spiegato?

non ne devi parlare, fallo

mmmm mi piacerebbe che lo facessi scegliere a me

quando sei qua te lo do io e la te lo da chi dico io

mmmmmmm

29.dicembre - DONATO N.

Allora a lui ci pensi tu, io mi metto nelle tue mani, seguirò i tuoi consigli alla lettera.

Ti lascio il mio numero di telefono, non ti chiedo il tuo, se vuoi sentirmi puoi anche chiamarmi da un numero coperto.

Come faccio a farti scegliere chi deve trombarmi qui?

Un bacio

29.dicembre - RC
tranquillo ci penso io

29.dicembre - RC
c'è qualcuno che ti interessa?
dimmi come li conosci e come sono
cosa ti eccita di loro
e se li conosci in internet fammi vedere le foto

MAILING - sesta parte

4.gennaio - RC

eh si, sei impegnato

cazzo dimmi che combini

ho sbagliato?

4.gennaio - DONATO N.

Scusami sono un po' sovra pensiero in questo periodo.

Sono appena tornato dalla palestra, un tipo con cui mi alleno mi ha toccato il culo nel

bagno turco, non so il perché ma mi sono tirato indietro. Si è incazzato, penso che

non lo rivedrò più, ormai si è creata una situazione che non mi piace.

Non sai come la invidio, anch'io voglio essere sporcato da te e se sei bravo vengo con

il culo, mi è successo spesso con il mio tipo. Quando succede lui schizza all'istante

mentre sto ancora schizzando anch'io.

Voglio vedere cos'è un cazzo siciliano.

Un bacio

6.gennaio - RC

mmmmmm

voglio che vieni col culo dalla prima volta

da subito

ti scoperò così bene e così a lungo che vieni di sicuro vedrai

so io come farti bagnare le mutandine piccolo

starai per venire prima che ti apro col cazzo

io sburro molto ti faccio un lago tra le cosce

vedrai come schizzi quanto ti senti tutto allagato

nel culo tra le cosce e sulla fichetta

poi ti voglio fotografare tutto sporco e le voglio mandare a lui

io vengo anche molte volte lo sai

mmmmmmmmm

e fino a che non vieni ti riempio dappertutto

ma soprattutto in culo

soprattutto in culo

6.gennaio - DONATO N.

Lo so che sarà così ed è per questo che ho voglia di vederti presto.

Non sai come mi piace leggere come ti scopi la tipa perché si capisce che in realtà in quel momento stai scopando me. Ti svelerò un'altra cosa, mi piacerebbe che te la scopassi davanti a me e quando finisci con lei inizi con me, con il cazzo ancora sporco di sborra. mmmmmmmmm, solo a pensarci mi si bagna il culetto.

Non dubito delle tue capacità, lo so che mi farai godere come una cagnetta. Se vuoi porto un po' di mutandine da donna, anche se mi piacerebbe che me ne regalassi tu un paio che ti piacciono.

Con il tipo mi sono spinto un po' troppo in effetti, una battuta dietro l'altra, in ogni cosa che dicevo c'era un'allusione sessuale. Gli ho anche detto che dubitavo del suo essere deciso nei fatti e questo penso lo abbia toccato. Nel bagno turco mi sono messo a pancia in giù con il culetto rivolto verso di lui, non mi ha fatto aspettare. Appena sono usciti i due che occupavano il bagno turco con noi mi si è fiondato addosso e iniziato a palparmi il culetto da sopra il costume, ha cercato subito il buco ma eravamo troppo vicini alla porta d'ingresso, così ci siamo allontanati ed è entrato subito nel costume. Non so perché ma mi sono bloccato, probabilmente mi ha colto di sorpresa, non mi aspettavo che lo facesse così in fretta.

Si è imbufalito.

Da come parli devi essere molto dotato ma la cosa non mi fa paura, anzi... ti voglio.

Forse ti ho già dato il mio numero.

Chiamami, anche con numero coperto. Ho voglio di sentire la tua voce.
Un bacio

6.gennaio - RC
sono grosso ma non è un braccio
voglio dire che non sono malato e non ho una malformazione è solo grosso
ma adesso le chiedo di farmi una foto al cazzo quando la rivedo così te la mando
comunque nessuna si è mai fatta male e quando comincio a fotterle non ho mai fatto
fatica a entrare
sono bravo vedrai
lei dice che sono grosso al punto giusto per non poter pensare ad altro
ormai in qualsiasi stato mentale ci troviamo basta che tiro fuori il cazzo
gli è entrata la lussuria in corpo, non se la toglie più
le prime volte quando la finivo si copriva subito
adesso resta li un po' ferma, le piace sentirsi puttana
perché basta anche solo un cazzo giusto per farti puttana
puttana non è con quanti vai ma ne basta uno che ti svergogna per bene
oggi torna il suo frocio
ma siamo d'accordo che continuo a farla in culo
adesso è consapevole del suo culo ha anche cambiato modo di camminare
cambiamenti impercettibili ma che di sicuro verranno notati da qualche maschio vero
le ho già detto che all'inizio glieli presento io
ma lei ha paura che si sappia qualcosa
qui è un problema
ma è curiosa comunque
voglio farla fottere ad alcuni miei amici
mi piacerebbe far fottere anche te ma non sanno che mi piacciono i ragazzi
e non ho mai parlato con loro di questa cosa

anche a te vorrei sentirti parlare la prima volta mentre ti bastono nel culo

ma se è così importante cerco di chiamarti

8.gennaio - DONATO N.

Non sai come mi piacerebbe avere delle mutandine regalate da te, voglio farmi
scopare da te senza il mio tipo, almeno la prima volta. Voglio essere libero di godere
senza remore, probabilmente alla fine mi vergognerò ma sarò stato tuo così come
sono suo. Non voglio essere costretto a soffocare dei gemiti perché lui mi sta
guardando, la sera gli racconterò tutto ma voglio essere da solo con te, non so se mi
spiego.

Lo so che hai il cazzo grosso, si capisce da come parli e hai la faccia di uno che ha il
cazzo grosso e che sa come usarlo, invidio la tipa lo sai e capisco la sua vergogna
iniziale, anch'io le prime volte che mi scopava il mio tipo mi rivestivo subito e
cercavo di svuotarmi subito, adesso la tengo dentro per tutto il giorno o per tutta la
notte. Mi piace sentirla colare tra le cosce mentre dormo e mi piace l'idea di essere lì
pronto e lubrificato.

Non voglio obbligarti a chiamarmi, non forzerò i tuoi tempi, voglio che io e te
fossimo liberi di dirci tutto e se vogliamo che funzioni non ci devono essere obblighi.
Ti ho dato il mio numero, se hai voglia chiama altrimenti aspetterò.

Ah, mi dici quanto ci viene a costare il tuo appartamento per una settimana?

Un bacio

11.gennaio - RC
di nuovo non scrivi
ma che combini?

14.gennaio - DONATO N.

Hai ragione,

è un po' che non ti scrivo ma è successa una cosa che non sapevo se dirti o meno.

Ti ricordi che ti ho parlato del tipo del bagno turco?

Ci siamo rivisti in palestra e siamo andati la sera stessa al bagno turco, mi sono lasciato andare.

Mi ha fatto salire su un gradino, avevo le mani contro il muro e mi ha abbassato il costume quel tanto che bastava per leccarmelo.

Godevo tantissimo, avevo paura che qualcuno potesse entrare. Ma era capace di farmi vergognare, godevo talmente tanto che non riuscivo a guardarlo in faccia per l'imbarazzo.

Non ero d'accordo con il mio tipo su cosa avrei o non avrei potuto farmi fare, la cosa mi bloccava ma lui mi leccava il culo davvero bene.

Ieri sono stato a casa sua con l'intenzione di fargli un pompino ma non sono riuscito a fermarmi. Voleva il culo. Sapevo che mi avrebbe scopato da quando sono uscito di casa ma con il mio tipo si era parlato solo di una pompa.

Mi ha scopato da dietro mentre mi tirava la testa verso di lui, non riuscivo a contenermi, sapevo che il mio tipo si sarebbe incazzato ma mi piaceva farmi fottere.

Capivo benissimo che gli piaceva il mio buchetto e la cosa non mi ha permesso di fermarmi, non so se mi spiego.

Ecco, mi sembrava giusto che tu lo sapessi.

Penso che scriverò un paio di racconti a proposito ma volevo che tu lo sapessi prima degli altri.

So che forse ti incazzerai, ma in fondo lo sai che ti piaccio perché sono così.

Un bacio

14.gennaio – RC

mmmmm lo sapevo che ti stavi facendo chiavare

bravo sono contento e lui lo sa? si è incazzato? non credo

bravo cazzo ho la minchia che è un mattone adesso

bravo non vedo l'ora di leggere il racconto da quello che mi hai accennato non avrai

bisogno di ricamare troppo

mi piace anche che vai a casa sua

che esci di casa per andare a farti chiavare mmmmmmmmmmm

in palestra ti scalda ma poi ti porta nella tana per finirti mmmmm

se non fosse che ti ha portato a casa sua penserei che è sposato

peccato che non è sposato se no sarebbe perfetto

ma come ci pensavi che se fossi andato da lui non ti avrebbe scopato?

un maschio lo sente quando è il momento giusto di ficcare

non ha bisogno di usare la violenza perché sa quando ficcare

e mi pare che lui non abbia sbagliato il momento o forse è stato facile perché era

lampante

adesso devi stare tranquillo e farti chiavare spesso così ti passano le colpe

devi farti fare tutto, lo devi fare anche per lui

quando dico tutto dico tutto

guidalo in modo che ti chiavi sporco deve pensare al tuo culo tutto il giorno

deve pensare tutto il giorno a come chiavarti la volta dopo

mi sono spiegato bene?

ma per fare questo deve diventare il tuo cazzo abituale non può essere ogni troppo

tempo

devi farti chiavare spesso fino a quando venite qui

mmmmmm cazzo mi piacerebbe vedere i progressi delle tue cosce questa cosa che adesso hai due maschi mi fa impazzire

vedrai quando mi aggiungerò pure io non aver paura se arrivi un po' allargato a me

piace

mi piace farmi un culo di successo

ti voglio chiavare

voglio farti puttana davvero

ti amo puttana

oggi mi hai fatto felice

ti amo puttana

15.gennaio - DONATO N.

Come mai questo silenzio?

MAILING - settima parte

16.gennaio - RC

pensavo di avere più tempo adesso che è tornato il frocio ma la chiavo tutti i giorni
devo chiavare anche mia moglie e mi voglio segare su di te
è chiaro?
non riesco a scriverti se non ho il cazzo in mano
appena la vedo di giorno mi faccio fare una foto al cazzo
voglio che lo vedi e che ci pensi
ho il cazzo durissimo devo sapere se ti ha già chiavato tutto

16.gennaio - DONATO N.

Mi piace pensarti mentre mi scrivi con il cazzo in mano, voglio vederlo e voglio
sentire la tua voce.
Voglio poterti sognare, adesso gioco di fantasia ma comincio a sentire la necessità
che le fantasie corrispondano alla realtà.

Mi ha scopato con il preservativo, abbiamo deciso di comune accordo che andremo
avanti così per un po', pensiamo ad una cosa duratura ed esclusiva, quindi tra qualche
mese faremo entrambi il test e solo allora mi scoperà fino in fondo. Voglio essere
sicuro quando mi schizzerà nel culo. Voglio avere la certezza di essere sano quando
vengo a Trapani per non dover avere barriere tra te e me. Voglio sentirti dentro,
voglio sentire il caldo del tuo cazzo dentro, voglio essere pieno di te.

Quando stava per schizzare l'ho fatto uscire e mi sono fatto schizzare sulla pancia,
volevo che la sua sborra si unisse con la mia.

17.gennaio - RC

mmmmmmmmm

perché non hai scritto come ti ha scopato?

devi fare il test alla svelta, devi farti fare tutto anche per lui

dopo che quello ti avrà chiavato in tutti i modi possibili lui starà bene

dopo potrai farti chiavare spesso e godrete tutti e tre

cosa ti piace di questo?

me lo fai vedere?

19.gennaio - DONATO N.

cos'è questo silenzio?

21.gennaio - RC

non vuoi farmi sburrare più?

ti stai facendo chiavare davvero dal tipo?

voglio che arrivi esausto quest'estate

che stai tranquillo mentre ti chiavo

e sta tranquillo anche lui vedrai

ci ho parlato

23.gennaio - DONATO N.

Con il tipo va al alti e bassi, ci sono delle cose che mi infastidiscono del suo atteggiamento ma se penso a come mi tocca il culo 'fanculo tutti gli atteggiamenti. Dopo la prima volta non mi ha più scopato, Guido ha avuto qualche problema a metabolizzare la cosa ma pare che adesso la cosa ecciti anche lui. Penso che da questa settimana inizieremo a fare sul serio.

Ti abbraccio

23.gennaio - RC

mmmmmm finalmente, e dove ti farai chiavare?

ricordati che è sposato devi farti aprire come vuole

non è abituato ad un rapporto paritario

devi essere un po' femmina

che non vuol dire frocio

ma lo so che hai le cosce per farlo

vuol dire che ti devi adattare al suo cazzo e devi farlo sentire IL CAZZO

mmmmmmmmmm bravo cazzo, sei proprio bravo mmmm

scrivi dai cazzo

non scrivi più niente

23.gennaio - DONATO N.

Lo vedo alle 21.30, facciamo prima un po' di bagno turco in palestra e poi andiamo da lui.

23.gennaio - RC

bella la foto mmmmmmm

l'avevo già vista ma rivederla mmmmmmm

scrivimi anche solo si o no quando torni

24.gennaio - DONATO N.

sono stato da lui,

sono appena tornato a casa e Guido mi ha scopato anche lui

26.gennaio - RC

insomma sei in piena attività e non scrivi...

immagino che ne usciranno diversi racconti

dai che ho voglia di tirarmi il cazzo

ti stanno chiavando tutti e due e hai le cosce a fuoco lo so

mmmmm cazzo come staranno arrapati

tu che vai da un cazzo all'altro

mmmmm

28.gennaio - DONATO N.

Scusami se ti scrivo così tardi ma è un periodo in cui arranco… comincio a non

capirci più nulla.

Guido si incazza e si eccita e io non riesco a starci dietro.

Da lui è andata bene, gli ho dato il culo quasi subito, mi sono fatto scopare gambe

all'aria, lui voleva scoparmi da dietro ma volevo guardarlo in faccia. Volevo fargli

capire che ero meglio di sua moglie e volevo che mi scopasse come scopa lei. Non so

se mi spiego.

Sapeva come andare a fondo e mi ha segnato, l'ho sentito mentre mi scopava. Sapeva

che Guido sapeva che ero da lui e secondo me voleva farmi tornare a casa segnato,

sapeva che Guido mi avrebbe ispezionato…

Mi ha schizzato sulla pancia mentre mi faceva succhiare le dita.

Appena tornato a casa, Guido mi ha piegato sul letto e ha preso la macchina

fotografica. Mi sono vergognato, mentre mi ispezionava il culo sapevo che capiva

come mi ero fatto scopare. Non sapevo cosa fare e restavo fermo sul letto.

Si è fatto raccontare tutto, nei minimi particolari. Il tipo non lo eccita ma lo ha

eccitato come mi ha scopato. Mi ha trombato nelle stesse posizioni. Mi ha schizzato

nel culo quasi subito.

Ma c'è un problema, il tipo vuole delle spiegazioni, vuole troppi spazi e secondo me

vuole un romanzetto. Non so se andrò ancora a casa sua, forse si :-)

Ieri abbiamo incontrato un altro tipo, fa il medico ed è sposato, forse ce l'ha un po'

grosso...

Mi ha aperto.

Stavo pensando di aprire una sezione del blog chiamata MAILING dove mi
piacerebbe raccogliere dei tratti della nostra corrispondenza. Senza il tuo consenso
ovviamente non lo faccio.

Dimmi tu se sei d'accordo.

Un bacio

29.gennaio - DONATO N.

ho visto che a Trapani piove ma fa caldo…

ma non mi scrivi più?

Mi manchi

30.gennaio - RC

mia figlia è a casa malata

mi manchi anche tu

30.gennaio - DONATO N.

hai letto l'ultimo racconto?

31.gennaio - RC

no, scusa mo posso stare pochissimo ma lo leggo appena posso

tu scrivimi le cose comunque perché a leggere velocemente ce la faccio

a scrivere meno

MAILING - ottava parte

1.febbraio - RC

ti ha chiavato tutto?

mi piacerebbe che ti facessi inculare da dietro inginocchiato

senza toccarti fatti fottere fino a che ti finisce nel culo

fino all'ultimo colpo per muoverti devi aspettare che lo sfila

ma aspetta un po' anche dopo

quella è l'ultima immagine che gli rimane di te

pensaci

ho il cazzo durissimo ma devo segarmi nel bagno

non sono solo

1.febbraio - DONATO N.

sono stato ieri in pausa pranzo da lui.

Finalmente ha capito che non serve parlare quando arrivo.

Mi ha lasciato le porte aperte e si è fatto trovare nudo sul divano.

Appena entrato mi sono spogliato e mi sono seduto su di lui, volevo convincerlo a
scoparmi a cazzo nudo ma non c'è stato verso.

Dice che il culo è pieno di germi e che ha paura di sporcarsi, da non credere lo so ma
è così.

Mi ha messo in ginocchio sul divano, la pancia contro la testiera, non riuscivo a
toccarmi l'uccello. Lui era in ginocchio dietro di me e mi ha scopato così per una
ventina di minuti. Ero esausto e avevo il buchetto indolenzito. Mi ha schizzato nel
culo e devo dire che è stato eccitare sentirlo finire dentro. Mi piacciono i colpi di
quando uno viene, quel cercare di andare fino in fondo per schizzare in un punto dove
nessuno è mai arrivato. E anche se aveva il preservativo so che pensava questa cosa.
Alla fine si è fermato a guardarmi il buco.

Non lo rivedrò più, è un continuo chiedere se mi piace e questo mi smonta subito.

In compenso c'è il dottore…
ti mando un video con lui, giudica tu…

ah, è sposato.

Un bacio

3.febbraio - RC
mmmmmm
cazzo lo sapevo che sei fantastico
mi sego immaginando cosa succede nella parte nera del video
non posso scaricarlo in nessun modo?
non posso stare sempre connesso lo sai se no pago troppo
nudo sul divano... mmmmm cazzo mi hai messo troppe cose devi ricominciare come
prima
scrivi più spesso e non mettere assieme tutto se no non ci capisco una minchia
adesso tutti questi che ti scopano vengono prima lo so
ma scrivi almeno due righe
mi arriverai con un culo fantastico e io sono già in pensiero per quando dovrai
ripartire
ti voglio fare tutto
adesso che hai cazzi da tutte le parti
ti voglio fare tutto non mi vergogno di dirtelo
stanotte ho avuto dei problemi a dormire
ho visto il video ieri sera
ma non ho potuto segarmi

e non si vede quanto è grosso

3.febbraio - DONATO N.

penso che non li rivedrò più,

oggi mi ha detto che gli manco in palestra specialmente nel bagno turco perché non vuole toccare nessun culo oltre il mio.

Si è lamentato perché glielo do poco ma proprio non mi piace, non mi piace il suo modo di scopare né il suo cazzo. Piccolo e con una strozzatura alla base della cappella. Insomma non è il mio cazzo.

Invece c'è il dottore, che viene tutte le settimane, ieri è stata la seconda volta. Dalla prima volta mi ha scopato a cazzo nudo senza neanche chiedere.

Diciamo che ci siamo fidati entrambi. Io e Guido coppia e sani, lui medico e sposato. Lo ha appoggiato ma non è riuscito ad entrare subito. Non esagero se ti dico che è il cazzo più grosso che mi abbia scopato così a lungo. Sa come trattenersi e non schizza finché non vengo io. Gli piace scoparmi mentre schizzo.

Ieri Guido ha fatto altri video, più chiari rispetto a quello che ti ho mandato ma non li ha ancora editati... Ed è stato più partecipe, usciva uno ed entrava l'altro. A noi due piacerebbe provare con due cazzi nel culo contemporaneamente ma le dimensioni di Guido e del dottore credo creino qualche problema.

Al dottore piace scoparmi sul divano, ginocchia per terra e pancia contro la seduta, mi monta. La prima volta ho sentito la pelle tendersi e strapparsi un po', mi sono eccitato da matti e mi sono dovuto trattenere per non schizzare subito, pensare che non mi stavo neanche toccando.

Ho fretta di inviarti questa mail perché spero che tu sia ancora online...

Ho voglia di venire a Trapani e stiamo lavorando perché io abbia un buchetto degno di te.

Un bacio

3.febbraio - RC

mmmmmmmmmm

cazzo mandami gli altri video dai

ti ha chiavato subito a cazzo nudo e questo dice bene

lo so che arriverai con un bel buchetto

ti voglio scopato scopato scopato

anche adesso voglio sapere che pensi solo ai cazzi

tutti quelli che ti girano attorno

se tua madre ti faceva femmina ne avresti avuti di meno

invece a te ti ha fatta puttana

e il tuo uomo e io cornuti

la prossima volta fai sburrare il dottore in culo

ti amo puttana

aspetto 5 minuti

ma mi devi dire solo SI

3.febbraio - DONATO N.

io non gli dirò nulla, sa che sono la sua troietta.

Ieri me lo ha messo nel culo dopo che Guido mi ha schizzato, non è riuscito a venire

perché aveva già schizzato, però ha voluto sentirmi aperto e pieno.

Spero che tu sia ancora online

posso utilizzare parte della nostra corrispondenza per una sezione del blog?

4.febbraio - DONATO N.

Attraverso il blog mi ha contattato MALESTUDIO - casa di produzione di film hard.

Mi hanno proposto un provino perché dicono che sarei perfetto per i loro film.

Non ho ancora detto niente a Guido, che faccio?

Un bacio

6.febbraio - RC

mi piacerebbe moltissimo ma per favore cambia il mio indirizzo email

6.febbraio - RC

non dire nulla per ora

in che consiste il provino?

che tipo di film?

6.febbraio - RC

bravo cazzo se sei bravo

la prossima volta ti schizzerà vedrai

e tu devi stare tranquillo non dire nulla

fallo finire nel tuo culo come vuole lui

e aspetta che sia lui a tirarlo fuori dal culo

fallo godere nel tuo culo come nei tuoi racconti

è molto più grosso di quello del tuo uomo?

6.febbraio - RC

se è molto grosso lo devi prendere con rispetto lo sai

devi lasciarti aprire tutta

farlo finire tra le cosce

deve sentire le cosce che si aprono e deve sentirti godere

deve sentire che a ogni colpo tu sei un po' più puttana

non devi preoccuparti del tuo uomo

devi farti fottere soprattutto da lui davanti al tuo uomo

6.febbraio - DONATO N.
Ciao, ti rispondo a punti

certo che cambierò la tua mail

malestudio è una causa di produzione di film porno gay, mi hanno detto che sono
perfetto per i loro film e mi hanno chiesto se ero interessato a fare un provino ma non
hanno aggiunto nient'altro… in questo periodo sono incasinati e non so quando mi
chiameranno ma penso verso marzo.
Non posso non dirgli nulla, il provino devo andarlo a farlo a Bologna, mi piacerebbe
che mi accompagnassi tu.

É un po' più grosso di quello di Guido non molto più lungo ma più largo. Guido lo sa
che mi piace essere scopato da lui e lo lascia fare, ogni tanto il dottore si fa dare il
cambio e il cazzo di Guido mi scivola dentro che è una meraviglia, lo appoggia ed è
dentro tutto fino in fondo. L'ultima volta il dottore non ha resistito, ha schizzato
mentre gli ero sdraiato sopra e Guido mi scopava da dietro, mi baciava e gli gemevo
in bocca, non ha resistito, si è schizzato sulla pancia urlandomi in bocca che sono una
puttana. Guido mi ha riempito quasi subito, era eccitato da matti. Al dottore è tornato
duro e mi è entrato subito nel culo, volevo sentirmi pieno e aperto. Per un attimo l'ho
amato.

Io non vi sto facendo cornuti, sto lavorando per essere perfetto per voi.

Un bacio

6.febbraio - RC
non so come fare a venire a Bologna ma vorrei

lo so che sarai perfetto

sto sburrando mmmmm adesso

sto sburrando

mi fai scoppiare la minchia mi fai scoppiare

e non volevo segarmi stamattina perchè ho da fare

vado a Sciacca lei ci è tornata da sola

lui dice sei volte lei dice una

lui dice che l'ha colata in culo e lei dice di no

ma lui è un amico e so che non mi mente

stamattina lei è li e io lo so e lei no

spero di avere molto da raccontarti quando torno

6.febbraio - DONATO N.

Ma la tua ragazzetta?

da chi la fai scopare?

Cazzo non so niente di questa storia, voglio sapere tutto.

6.febbraio - RC

non so se ti farà piacere saperlo o meno ma voglio dirti tutto...

mi sono fatto un'amica di mia nipote di 21 anni.

6.febbraio - RC

sono appena tornato ma non posso stare molto

te l'ho detto che vado da anni a Sciacca

da un amico che ha un albergo piccolo

sono qui adesso e lo sto aspettando

settimana scorsa l'ha chiavata sei volte ma lei dice una

adesso non ci sono

ma io aspetto

6.febbraio - RC
e bravo, che ti devo dire
21 anni mica male
mi hanno chiamato adesso lui le ha detto che sono qui e lei ha detto che viene lo
stesso
vedi che ha già imparato
ma non so se riesco a stare con un maschio nudo
ma mi piacerebbe riuscire
la voglio fare puttana vera e poi basta perchè non mi interessa più molto
gliela lascio a lui
lei è venuta qui 4 volte e lui due a Trapani

6.febbraio - DONATO N.
è vero, scusa.
e così chiudi con lei? da un lato sono contento perché ero dannatamente geloso,
dall'altro mi dispiacerà non leggere più come te la scopi. In fondo quando scopavi lei
era come se scopavi me ma non importa, ormai so che mi vuoi e quanto mi vuoi.
Siamo diventati necessari l'uno all'altro e la cosa non mi dispiace.

Con affetto

6.febbraio - DONATO N.
dall'ultima volta che è venuto il medico a trovarci il buchetto non mi si è chiuso
completamente...
giovedì probabilmente torna.

scrivimi!

6.febbraio - RC

ho chiuso ma ho chiuso bene

ti racconto appena ho più tempo

6.febbraio - RC

mmmmmmmmmm

non ti si chiuderà se lo tieni allenato

sarai un richiamo per ogni maschio che si rispetti che ti veda anche per caso

sarai aperto lì e sarai aperto dentro, dentro te stesso

alla ricerca di quello che ti riempie

che ti riempia il vuoto dentro

e quello sono io

si ci siamo indispensabili

tu devi farmi lo spazio giusto e ci incastreremo

non mi tira il cazzo ora, ho chiavato troppo

ma mi tira l'anima

con un altro uomo ce l'ho fatta solo fino a che lei era nuda e noi vestiti

fino a che la sditalinavamo in fica e in culo in ascensore

ma mi è piaciuto guardare e mi è piaciuto entrare che già stava allargata

devo andare adesso

6.febbraio - DONATO N.

Rodo dalla gelosia,

lo so è stupido, ho uno nodo allo stomaco ma non riesco a smettere di rileggere la

mail.

La so a memoria.

Ho impressa nel cervello l'immagine di te e di lei, di lei che gode con te che gli scopi
l'anima. Sono eccitato ma fa male. Ormai lo so come scopi e so che non ti basterà
scoparmi il culo, tu vuoi di più e anch'io.
Sarà dura venir via da Trapani e sarà dura per te vedermi andare ma è giusto che sia
così.

Lo terrò allenato, voglio crearmi dentro lo spazio per te ma voglio sentirmi aprire da
te, voglio sentirti segnare l'entrata (è così che mi hai detto una volta), Voglio che
anche quando saremo distanti tu abbia la certezza che il mio culo ti appartiene,
appartiene a te quanto a Guido ma questo lo sai.

Per favore dimmi che non smetterai di vederla ma non la dividere più con nessuno
perché quando scopi lei tu scopi me, ricordatelo sempre.

7.febbraio - RC
non devi essere geloso è solo una femmina
non smetto di vederla ma la faccio chiavare come faccio chiavare te
è eccitata come una cagnetta ormai
dopo che l'abbiamo palpata in ascensore e si è infradiciata subito
l'abbiamo portata lui in camera e abbiamo continuato a palparla e leccarla lei in piedi
con la minigonna senza mutande e noi a terra lui la leccava davanti e io nel culo
non sapeva più dove girarsi
lui l'ha girata a pecora sul letto e ha cominciato a chiavarla in fica subito
lei mi cercava con gli occhi ma io sono andato nell'altra stanza
mi tenevo il cazzo in mano e sentivo tutto
non ha smesso di bastonarla per almeno venti minuti
poi non sentivo più nulla e sono tornato in camera
lui si stava vestendo e lei stava a pecora con la pancia sul letto
ha cominciato in fica ma l'ha finita nel culo

io ho continuato a segarmi e mentre si è avvicinata l'ho schizzata in faccia

poi siamo tornati a Trapani ma prima mi sono fermato alla spiaggia

lei ha cominciato a baciarmi ma io l'ho girata e l'ho ficcata in culo di lato

era ancora aperta e sono schizzato subito

poi l'ho fatto smosciare dentro al culo

lei ha cominciato a muoversi per toglierlo ma più si muoveva e mi tornava duro

insomma l'ho inculata fino alla sburra di nuovo

poi l'ho portata a casa

7.gennaio - RC

mmmmm non posso pensare a quel cazzo che ti fotte

dai fatti chiavare da lui da solo

portalo a casa e fatti chiavare tutto

devi avere il buchetto tondo il buchetto dei cazzi grossi

quello che ti vedono subito tutti quando vai in palestra

dovresti andarci subito dopo che ti ha scopato e fare la doccia

7.gennaio - DONATO N.

Ho letto le tue mail questa mattina alle 6.00 prima di andare in palestra, non riuscivo a togliermi dalla testa l'immagine del tuo cazzo che tornava duro nel suo culo, in realtà era il mio di culo… Ho avuto il culetto bagnato per tutto l'allenamento, una volta negli spogliatoi non capivo più niente e ho fatto di tutto per farmi vedere tra le cosce da quello che si stava cambiando con me. Non saprei neanche dirti che faccia avesse, per me eri tu.

Mi ha seguito in doccia e mi ha toccacciato tra le cosce, ero insaponato e il dito è entrato subito, ha capito che ero aperto e ha cominciato a schizzare. Avevo la sburra che mi colava tra le cosce.

7.febbraio - RC

mi fai impazzire lo sai?

non ci credo che non te lo ha messo al culo

perchè mi nascondi le cose?

7.febbraio - DONATO N.

non ti nascondo nulla,

c'era un po' di movimento in palestra e non se l'è sentita... mi ha chiesto di andare con

lui nel bagno turco ma ero di fretta.

É sposato

Spero che tu sia ancora online...

7.febbraio - RC

ti ho visto nel culo

ti amo puttana

7.febbraio - DONATO N.

come mi hai visto nel culo? cos'hai visto?

dai chiamami, ho bisogno di sentire la tua voce. Io non parlo, non dirò nulla, ma per

renderti reale ho bisogno di sentirti.

Ho bisogno di sentirti dire quel TI AMO PUTTANA che mi hai scritto.

7.febbraio - DONATO N.

mi ha contattato un tipo di Trapani, gli ho detto che probabilmente ad agosto sarò da

quelle parti per una settimana e vuole scoparmi...

cosa gli dico?

7.febbraio - DONATO N.

ripensandoci non serve che mi chiami, tu esiti e io ti sto creando lo spazio.

Guido mi ha appena schizzato nel culo e sono qui a raccontartelo. Il tutto è iniziato pensandoti e tutto finisce pensandoti.

Abbiamo iniziato con l'immaginare che eravamo a Trapani e che tu mi stavi scopando in una stanza e Guido era in un'altra e sentiva tutto, esattamente come tu con la tipa (lui non lo sa).

Gli è venuto il cazzo di marmo praticamente subito, non me lo ha fatto neanche succhiare. Subito nel culo, sullo stesso divano sul quale mi ha scopato il dottore e nelle stesse posizioni del dottore.

Alla fine ha fatto quello che spero faccia al più presto il dottore, mi ha schizzato nel culo.

Adesso ho il culo pieno e mi piacerebbe che arrivassi tu, come hai fatto a Sciacca. Voglio che ti sporchi l'uccello e che mi riempi cercando di andare oltre quella di Guido.

Scusa il tono della mail ma sono ancora eccitato.

P.s.: il trapanese che mi ha contattato lo sgancio subito, non voglio distrazioni a Trapani.

8.febbraio - RC
devo pensare

8.febbraio - RC
mi piacerebbe che mi guardasse ma ti ho detto che ho problemi con i maschi

8.febbraio - RC
voglio che mi dici esattamente come ti fa sentire quel cazzo
non cercare di cavartela con le frasi dei tuoi racconti

non mi piace quando mi scrivi come se scrivessi sul tuo sito

lo capisco ma non mi piace

quindi dimmi come ti fa sentire quel cazzo

8.febbraio - DONATO N.

La prima volta voglio che siamo solo io e te, se lui non è in casa sarebbe meglio ma non so come dirglielo, ho paura che si possa incazzare. Non voglio limitarmi per la vergogna che mi senta godere con te, ma mi piacerebbe nei giorni successivi che resti in casa, magari in un'altra stanza.

Come hai fatto ad avere quella foto?

Sono imbarazzato, mai avrei pensato che potesse finire nelle tue mani. Commenti?

Quel cazzo mi piace, mi fa sentire scopato.

Ho paura a scriverti di queste cose perché non sono abituato a farlo (sei l'unico a cui scrivo queste cose) e tendo spesso, mio malgrado, a imitare lo stile del blog.

Comunque ci provo.

Mi fa sentire aperto, senza difese. Quando il dottore mi scopa potrebbe chiedermi qualsiasi cosa e io gliela darei, appena lo tira fuori non capisco più un cazzo. Sa come trattare il mio buco, finora mi sono sempre limitato un po', sono sempre stato un po' indietro rispetto a quello che avrei voluto, probabilmente per non dare a vedere a Guido quanto mi piaccia in realtà. Ho sempre la paura che si possa infastidire e che lo faccia smettere. Quando mi sono sentito allargare la prima volta mi sono irrigidito, non sapevo come l'avrebbe presa Guido e non so ancora come l'abbia presa. Non me ne parla, è restio.

Quando mi chiede come mi fa sentire quel cazzo non so cosa rispondere, ho paura che la mia risposta lo porti a interrompere le frequentazioni con il dottore e io non voglio assolutamente che questo accada. So che è quello giusto per prepararmi per te.

Quando è qui non riesco a non concentrarmi su di lui, a volte mi sento in colpa nei confronti di Guido ma proprio non ce la faccio. Mi piace come mi scopa, mi fa sentire scopato e a fondo. Non riesco a pensare ad altro, neanche al cazzo di Guido. Se non mi ha ancora schizzato nel culo probabilmente è colpa mia, quando sento che sta per venire mi irrigidisco e lui esce.

A cosa devi pensare?

9.febbraio - RC
ci penso io a dirglielo,
stai tranquillo che ci penso io
dopo aver visto quella foto anch'io ti voglio scopare per i cazzi miei
le scopate con me non durano tantissimo ma resisto a sburrare anche 3 volte
una volta anche 5 ma devo avere tempo
mi piace chiavare ma non lunghissimo perchè mi piace sburrare
e mi piace farlo più volte

se è bravo il dottore vedrai che saprà come fare
non ti ha ancora schizzato probabilmente perchè come hai detto tu non ti lasci andare
fino in fondo
come gli piace chiavarti?
mi piacerebbe che ti sburrasse in culo mentre stai come in quella foto dove hai le
calze a righe
mi piacerebbe avere più foto di te messo così
sei bellissimo in quella foto
fatti foto così dopo il dottore
ma non esasperare il buchetto, lascialo com'è naturale

9.febbraio - DONATO N.

Cazzo sei perfetto,

non mi piacciono quelli che ci mettono una vita per venire, ho la sensazione che il mio culo non funzioni…

L'idea di farlo più volte mi piace molto ma bada a non farmi schizzare prima, rompo un po' i coglioni quando mi scopano dopo che sono venuto.

Probabilmente il dottore lo vediamo domani, pare che non gli interessi scoparmi da solo anche se a me piacerebbe molto ma Guido vuole che mi prenda cura solo di lui. Voglio fargli capire quanto mi piace come mi scopa e vedrai che riuscirò a farmi schizzare dentro. L'ultima volta stavo per schizzare istantaneamente quando me lo ha messo nel culo appena dopo che Guido mi ha riempito. Il cazzo è affondato subito, è arrivato subito in pancia. Ha il cazzo più grosso di quello di Guido ed è arrivato dove non ero ancora schizzato, se fosse riuscito a schizzare la seconda volta sarebbe stato il massimo. Devo impegnarmi di più e soprattutto lasciarmi andare di più.

Gli piace scoparmi duro, ieri sera mi ha scritto un messaggio in cui mi diceva che ho un culo da leccare per ore e da violare. Promette bene anche se nelle due volte che è venuto è stato un po' ginnico.

Gli piace iniziare scopandomi da dietro per finirmi a gambe all'aria, gli piace limonarmi mentre mi scopa, vuole sentirmi godere in bocca. Mi vergogno sempre quando mi scopa, divento paonazzo e cerco di nascondere la testa sotto le braccia, soprattutto quando mi scopa da dietro, ma me la tira sempre su. Vuole vedermi in faccia quando mi scopa.

Dirò a Guido di farmi delle fotografie nella stessa posizione della foto che ti piace appena va via il dottore e gli dirò di mandartele appena pronte. Voglio che spii il lavoro che stanno facendo sul mio buchetto.

Guido sta prendendo contatti con 2 o 3 tipi, vuole che mi faccia scopare regolarmente tutta la settimana. La misura del cazzo comincia a essere una sua prerogativa, tutti e 3 hanno il cazzo intorno ai 20cm.

Ti arriverò pronto.

Un bacio

9.febbraio - DONATO N.
É appena andato via, il tempo che Guido mi ha fatto delle foto per te e sono qui a scriverti.
Sono pieno.

10.febbraio - RC
mmmmmmmmmmmmmmmmmm
ti ha sburrato in culo?

10.febbraio - DONATO N.
Si, a gambe all'aria sul tappeto.
Mi ha schizzato guardandomi in faccia, non sapevo cosa fare. Sentivo i colpi di quando uno schizza e il cazzo andava sempre oltre. Mi stava aprendo e non sapevo se bloccarlo o meno. Non riuscivo a vedere Guido e l'ho lasciato fare. Appena è uscito è entrato Guido e dopo pochissimo ha cominciato a schizzare anche lui.

Mentre facevamo le foto per te avevo le cosce fradice.

10.febbraio - RC
e dove sono le foto
mandale ma non le vedo ora perchè non posso aprire immagini adesso

l'hai sentito sburrare?

tu stavi a cosce larghe col cazzo piantato dentro

mmmmmmmmmmmm

cazzo ti amo cazzo

fallo tornare presto e fatti riempire di nuovo davanti al tuo uomo

abitualo a fargli vedere i maschi che ti sburrano il culo

e non trattenerti

fagli vedere quanto ti piacciono i cazzi

quanto ti piace un maschio addosso che ti fotte

10.febbraio - DONATO N.

le ha Guido,

le tiene lui e a me da solo quelle che seleziona lui e solo quando sono finite.

Lo sa che mi hai chiesto delle foto e le ha fatte sapendo che erano per te. Puoi

chiederle direttamente a lui.

L'ho sentito quando ha schizzato. Ha iniziato a fissarmi e non ha mai distolgo gli

occhi dai miei, avevo l'impressione che mi stava marchiando. Avevo la faccia che mi

bruciava, non potevo spostare la testa perché ero tra i piedi di 2 sedie.

Guido dovrebbe avere il video, fattelo mandare.

Uscito lui è entrato subito Guido mi ha detto che gli è piaciuto sentirmi tutto caldo e

scivoloso. Ha schizzato praticamente subito. Il dottore è rimasto un po' e ha visto

mentre Guido mi faceva le foto per te. Stringevo il buchetto per non far colare niente

e per non fargli vedere come mi avevano ridotto, mi vergognavo perché ero aperto.

Un po' di sborra mi è colata tra le cosce, alla fine ero fradicio.

10.febbraio - DONATO N.

il dottore mi ha appena scritto e riferendosi alla schizzata di ieri ha detto:

"è come ingravidarti....entrare dentro di te pienamente…"

10.febbraio - RC
ti ha visto mentre ti fotografava nel culo mmmmmm
hai cercato di trattenerla ma ti è colata
cazzzooooo
voglio incularti cazzo
ti voglio inculare tutta dappertutto
anche in bocca ti voglio inculare
voglio che sei così in calore che ti si bagna la fica
mmmmmm

stai imparando bene
se non ti sburrano in culo
non è niente

10.febbraio - DONATO N.
Mi vergogno da matti,
non riesco a toccarmi il buchetto senza vergognarmi,
Guido me lo ha fotografato tutto il pomeriggio e ha appena finito di scoparselo.
Mi ha detto che il giorno dopo è il migliore per il buchetto, ho fatto finta di non
capire ma so cosa intende.
É aperto ma non sfondato, oggi i bordi sono lisci ed è rotondo, mi ha costretto a
toccarmelo per vedere come l'hanno ridotto, non volevo ma l'ho fatto, mi guardava in
faccia mentre me lo faceva fare. Appena ho appoggiato il dito è entrato subito. Non
sapevo da che parte guardare.

Mi vergogno da matti ma mi piace.

10.febbraio - DONATO N.

Sono riuscito a rubargli questa schermata,

dice che il mio buchetto sta diventando perfetto.

"adesso accoglie e non si oppone al cazzo", così mi ha detto.

Te la mando anche se mi vergogno un po'

11.febbraio - RC

non devi vergognarti bello

è una meraviglia

ho potuto vederne velocemente solo una ma è una meraviglia

devi farla vedere solo a chi capisci che merita

e devi indagare prima per non dover fare quelle robe con la gomma

scegli bene ma vai fino in fondo

se vai da qualcuno con la fichetta così ti ingravida

quindi devi essere tranquillo

se è un maschio e gli arriva una fichetta così non può fare altro

ti sburrerà nella fichetta

11.febbraio - DONATO N.

Ci provo a non vergognarmi ma non ce la faccio,

finora quando poggiavo il dito al buchetto dovevo spingere per farlo entrare, adesso

lo appoggio ed entra.

Devo solo abituarmi alla nuova condizione del mio buchetto, tutto qui.

Guido ha preso contatto con un altro tipo di un paese appena fuori Brescia, vuole

farmi scopare anche da lui.

Ha il cazzo un po' più grosso di quello del dottore e anche lui non vuole usare la

gomma, dice che è un donatore di sangue e che incontra poco appunto perché quando

scopa qualcuno gli piace farlo a pelle.

Quando il dottore mi ha schizzato nel culo, è stato strano.

Non sono riuscito ad allontanarlo e nello stesso tempo mi sono sentito violato e

sporco.

Ho pensato a te mentre schizzava e sapevo che saresti stato fiero di me.

dio se mi è piaciuto.

11.febbraio - RC

hai pensato bene

sono più che fiero di te

e il tuo buchetto ha cominciato un'avventura che lo farà impazzire

devi solo stare attento a usarlo bene

devono essere grossi quanto basta e bravi

devi stare attento ma lo so che sai come si deve fare

non te lo devo ripetere tutte le volte

ma mi piacerebbe che ti mandasse lì a farti scopare

11.febbraio - DONATO N.

sentirtelo dire mi fa piacere ma penso che ci vorrà un po' prima che mi abitui all'idea.
Anch'io voglio andar da lui ma vuole farlo già dalla prima volta a pelle, la cosa mi
eccita da morire ma so che mi vergognerò se poi mi schizza e mi manda a casa pieno,
Guido non vuole che conceda subito tutto ma io non riesco a resistere, è stato così
anche con lui.

Non mi faccio mai scopare senza essere lubrificato, Guido dice che ho un buco quasi
perfetto, devi solo allargarsi ancora un po'.

11.febbraio - RC

fatti chiavare dai

11.febbraio - DONATO N.
il tipo del paese appena fuori Brescia ha appena scritto a Guido che vuole che vada da
lui oggi.
Guido è indeciso, prova a convincerlo tu

13.febbraio - DONATO N.
dove sei finito?

13.febbraio - RC
il computer di casa si è rotto, domani viene una amico di mia figlia a ripararlo
e da questo devo stare molto attento a scrivere
non posso visualizzare immagini e non posso andare sul tuo sito
e ho anche paura che resti traccia di questi messaggi perchè non so come controllare
se restano tracce o no
devo trovare un altro modo ma non so come
se comprassi un computer si insospettirebbero tutti
credono che io li odi i computer

ma stai tranquillo il mio cazzo si rizza sempre per te

13.febbraio - DONATO N.
cazzarola,
potresti comprare un tablet tipo ipad o android o semplicemente uno smartphone.
Volevo solo dirti che mi sto abituando al mio nuovo buchetto e mi piace da morire, lo
tocco spesso e ogni volta penso a quando verrò a Trapani, vedrai sarai fiero di me.
Mi eccita il mio nuovo buchetto.

Se la posta la ritiri da internet e non da un programma di posta non dovrebbero
rimanere tracce. Comunque su mac abbiamo la navigazione privata, cioè il browser
non tiene traccia dei siti che visiti ma non so se su windows c'è.

13.febbraio - RC

mmmmmm cazzo dimmi com'è il buchetto

si sta stendendo?

mandami anche una foto dove stai messo normalmente come se fossi in palestra

mandamene alcune da piccoli spostamenti...

mi avete mandato delle foto solo che non posso vederle

l'antivirus dell'ufficio non mi fa scaricare allegati da indirizzi sconosciuti

e non posso mettere l'indirizzo in rubrica

ma stasera vado all'internet bar

mandami tutto quello che hai che stasera lo vedo

13.febbraio - DONATO N.

penso che si stia stendendo ma non avendolo mai avuto così non te lo saprei dire,
quando me lo tocco lo sento più morbido, più accogliente, i bordi sono più elastici e
meno grinzosi. cazzo vorrei spiegarmi meglio ma non ci riesco.

Ho chiesto le foto a Guido ma mi ha detto che te ne ha mandate un sacco e mi ha
detto di dirti che non ti ha mandato solo delle foto.

14.febbraio - DONATO N.

Buongiorno, sto andando in palestra e sono ancora aperto.

Ieri sera Guido mi ha sburrato nel culo e ho dormito pieno, anzi vado anche in
palestra pieno.

Voglio che tutti nel vedermi capiscano che sono scopato regolarmente. Non so per
quale ragione ma inizio a essere fiero del mio buchetto. Mi piace da morire,
probabilmente i dubbi e le paure che avevo dipendevano dal non sapere come Guido

vivesse il nuovo status del mio buchetto. Ma pare che apprezzi, è arrapato tutto il giorno ed io di conseguenza.

Niente, volevo solo dirti che sto andando in palestra con il cubetto pieno e che come al solito non metterò le mutandine.

Voglio che tu sia fiero di me.

14.febbraio - RC
ho bisogno di una mano
se ti mando la password tu riesci a salvarmi tutta la nostra posta in un word?
devo farmi un altro indirizzo
oppure puoi farmelo tu
usare questo è poco sicuro

14.febbraio - RC
sono riuscito a vedere poco e niente
ieri sera era chiuso il bar
devo trovare il modo di salvare la posta

14.febbraio - DONATO N.
la corrispondenza tra me e te è tutta salvata, può mancare qualche piccolo passaggio
ma c'è il 99%.
te la mando.
Intanto ti creo un nuovo account di posta e ti mando i dati per l'accesso.

14.febbraio - DONATO N.
ti ho creato un nuovo indirizzo email

15.febbraio - RC

grazie davvero

mi sarebbe piaciuto qualcosa con il mio nome

così ti arriva posta col mio nome ma va bene lo stesso

ho fatto scaricare anche al tuo uomo la mia posta

ci sono anche delle cose sue

da domani uso l'indirizzo nuovo, ho comprato un netbook di quelli piccoli

vado a Sciacca oggi a prenderlo e finalmente potrò vedere le foto

15.febbraio - RC

il tuo uomo non mi risponde

ma se faccio caricare la posta anche a lui scarica anche la tua?

cazzo voglio risolvere questa cosa per poter tornare a segarmi senza menate

ieri volevo farmi fotografare il cazzo da lei ma poi non sapevo come chiederglielo

oggi sono a Sciacca a prendere il netbook e passiamo dall'albergo

magari li le chiedo

ma devo inventarmi qualcosa

comunque continuo a farmela

mi tira il cazzo e non ho voglia di farmi mia moglie

siamo incazzati

anche il suo buco sta diventando uno spettacolo

due giorni fa è venuta a Sciacca e abbiamo mangiato al ristorante anche con lui

lei non aveva le mutande, abbiamo fatto finta che fosse mia figlia

l'ho fatta sedere il braccio io avevo fuori solo il cazzo

si è seduta sopra col culo poi abbiamo chiamato il cameriere e abbiamo ordinato

lui non si è accorto ma poi ho dovuto comprare dei pantaloni

perchè mi ha fatto un lago sulla patta

adesso per entrare basta che si bagni pochissimo e si ficca

il mondo non lo sa ancora ma gli ho dato una puttana brava anche se femmina

se fosse per lei starebbe sempre ficcata

adesso anche mentre la spiamo assieme sotto la gonna tra le cosce si fa fare senza

rompere i coglioni

mi piacerebbe incularti davanti a lei

mi sono fatto una sega pensandoci

lei pensa che ce la facciamo in due e invece io te lo butto nel culo

15.febbraio - DONATO N.

mi piace l'idea di ricevere posta con il tuo nome ma io non lo sapevo il tuo nome.

Secondo lo sceneggiato di uno dei miei film preferiti (Ultimo tango a Parigi) adesso

dovrei ucciderti ma come faccio? Non sogno altro che venire a Trapani l'ultima

settimana di agosto.

Cazzo, cazzo, cazzo.

La stai facendo diventare perfetta, mi piacerebbe l'idea che tu mi faccia davanti a lei,

magari dopo che me la sono fatta. Tu me la concedi e poi mi umili davanti a lei, le fai

vedere che quello che prima se l'ha scopata poi diventa una troietta nelle tue mani

mmmmmmmmmmm

Ho il buchetto bagnato, non so come sia possibile ma quando ti leggo mi bagno come

una fighetta. Dio se ti voglio.

Anche la scena del tavolo è eccitantissima, IO TI VOGLIO!

Devo stare attendo di non dare a vedere a Guido l'effetto che mi fai altrimenti rischio

che possa ingelosirsi. Mentre scopiamo non riesco a non nominarti e non riesco a non

esprimergli la voglia di vederti e di farmi scopare da te… alla schizzata è meglio che

non ci penso altrimenti rischio di non combinare un cazzo oggi.

Se Guido scarica la tua posta dal tuo account leggerà anche quello che ci siamo detti noi, onestamente la cosa non è che mi vada tanto ma capisco anche il tuo desiderio di avere tutta la vostra corrispondenza.

Un bacio

15.febbraio - DONATO N.
Prima ti ho risposto a freddo e assonnato, in palestra uno mi ha guardato nel culetto mentre ero in doccia...
Ripensandoci non voglio farmela, mi piacerebbe vederla prepararsi a prendere due cazzi e una volta che è a pecora sul letto tu scopi me, so che è brava ma deve capire che il suo culo è solo un sostituto quando non c'è il mio.

Una cosa che mi piacerebbe è che se la facesse Guido in un'altra stanza mentre tu ti fai me, mi piace l'idea che vi condividiate le vostre troiette.

Non hai una sua foto? Dai falle una foto al buchetto.

15.febbraio - DONATO N.
Non ci sto capendo un cazzo questa mattina, rileggo quello che scrivo e penso che non riesca a farmi capire...
Non voglio essere propositivo, voglio mettermi completamente nelle tue mani.
Voglio che sia tu a dettare le regole del gioco, io ti seguirò.

15.febbraio - RC
ma io ti voglio perchè ti voglio chiavare io non perchè devo dimostrare qualcosa a qualcuno
ma comunque non ti posso chiavare davanti a lei lo sai
...fa un cazzo di freddo

15.febbraio - RC

in Sicilia la gente non si fa fotografare facilmente purtroppo

MAILING - nona parte

16.febbraio - DONATO N.
Mi hai dato la risposta più bella che potessi darmi,
ma perché non usi il nuovo indirizzo email?

com'è andata a Sciacca?

16.febbraio - RC
vuoi vedere il suo buco per immaginare come faccio il tuo?
purtroppo non avrò tutto il tempo che ci ho messo a regalarle il suo
ma mi ci metto d'impegno vedrai che sarai contento

lei ha un culo che piace anche ai maschi maschi
anche a Sciacca è apprezzatissimo
e poi è diventata brava, non si tocca più la fica
la lascia bagnarsi da sola e si bagna molto di più
si bagna abbastanza per tutti e due i buchi
nel culo non ha peli e quei quattro sopra la fichetta li rade adesso
non mi piacciono le fiche pelose
e poi ha le labbra piccole come piacciono a me
non esce nulla quando guardi la fica
anche se allarghi le cosce
farsi fare da due la eccita da matti anche se non lo dice
le piacciono quattro mani tra le cosce
voglio infilarla di nuovo al tavolo ma questa volta voglio che il cameriere se ne
accorga

credo che lascerà il suo frocio

16.febbraio - DONATO N.

non ne ho dubbi, anch'io non mi tocco più quando mi scopano, GUIDO ci si è messo d'impegno per insegnarmelo e poi so che a te non piace.

Cazzo, perché sei così distante?

La capisco per il fatto delle 4 mani tra le cosce anche a me eccita un casino, ho proprio la percezione di essere usato, non so se mi spiego. Il buchetto mi si bagna quando viene toccato e adesso accoglie subito.

Avremo solo una settimana ma so che ti basterà per segnarmi, tornerò a casa con la tua impronta impressa nel buchetto, nell'anima e nel cervello. Dio se ti voglio, non puoi neanche immaginare quanto.

Sarà dura venir via da te, lo so...

Dimmi la verità, è dal primo messaggio che mi hai mandato sapevi che mi saresti diventato indispensabile, o sbaglio?

Ma perché non usi la nuova e-mail?

So che non puoi scoparmi davanti a lei ma potresti trovare un modo per presentarla a Guido, mi piacerebbe sapere che se la scopa mentre tu scopi me.

18.febbraio - RC

bello il nuovo racconto mmmmmm

la parte nel bagno mi ha ricordato quando entro nella stanza mentre "Sciacca" la sta chiavando

non pensavo che mi sarebbe piaciuto e invece mi piace

gli piace la fichetta rasata gli schizza sempre sopra

l'ultima volta l'ha letteralmente coperta

non si vedeva più e l'ha lasciata lì così

l'ho girata per incularla senza sporcarmi

ma l'ho tirato fuori anch'io alla fine e l'ho schizzata dietro tra le cosce

è rimasta lì almeno cinque minuti di orologio

stava con gli occhi chiusi e ogni tanto gemeva mentre colava tutto

noi eravamo seduti sulle poltroncine della stanza a guardarla

mentre colava è venuta di nuovo, non si toccava nemmeno

gli è colata nel punto giusto

alla fine abbiamo dovuto mettere le coperte sotto la doccia e fare finta di un incidente

perchè non sapevamo come fare

18.febbraio - DONATO N.

Non ci credo?

Hai guardato lui schizzarle addosso? Fai progressi, mi sa che ci facciamo del bene

entrambi :-)

Tempo fa rabbrividivi solo all'idea di stare in una stanza con un altro uomo nudo che

non sia io e adesso mi dici che ti eccita. Molto bene :-)

Sono contento che ti sia piaciuto il racconto, ho provato un nuovo stile di scrittura.

Secondo Guido è uno dei migliori che abbia scritto. Ho provato a stare un po' indietro

per lasciare al lettore più libertà per spaziare con la fantasia.

Mi piacerebbe che ampliassi la tua critica, mi hai abituato troppo bene :-)

Questa sera viene un tipo di Cremona a trovarci, penso che abbia il cazzo più grosso

di quello del dottore e Guido è un po' titubante, ha cominciato a dire che valuteremo

dopo averlo visto. Io lo voglio, i cazzi piccoli non mi interessano più, non mi fanno

sentire scopato.

Concordo con la tua troietta (la chiamo così perché non so il suo nome), con i cazzi

piccoli mi sento troppo partecipe e invece a me piace essere fottuto, mi piace sentirmi aprire, ogni volta un po' di più. Ormai le dimensioni sono diventate un indice di selezione. Non mi interessa la faccia e neanche il corpo.

18.febbraio - RC
la troietta si chiama Manuela
mi sono eccitato, si ma tu sei un'altra cosa
appena metto la mail sul netbook ti scrivo come voglio
adesso devo rubare il tempo mentre una esce a buttare lo sporco

questa sera? dopo mi scrivi?

18.febbraio - DONATO N.
Manuela, non so perché ma so che le si addice.
Sono un'altra cosa nel senso che non vuoi condividermi mentre mi scopi?
Non ho capito il perché sono un'altra cosa :-)

Hai visto che te ne ho fatta un'altra?

Il tipo si chiama Michele, ha 42 anni e viene questa sera.
Gli abbiamo dato buca due volte perché Guido continuava a dire che ce l'aveva troppo grosso.
Secondo me è poco più grande di quello del dottore ma lui rompeva le balle.
Questa volta ho fatto tutto un po' di nascosto e gliel'ho detto solo quando tutto era fissato, ha detto che non potevamo dargli buca per la terza volta. Non vuole ammetterlo ma secondo me gli piace, mi ha fatto mettere del Franciacorta in fresco. Penso che speri che sia uno di quelli giusti perché, secondo me, vuole sostituirlo al dottore. Dice che è troppo ginnico per i suoi gusti. Sa che a me piace come mi scopa ma non gliene frega, dice che se mi fa scopare da un altro deve divertirsi anche lui. Io non me la sento di insistere perché non voglio fargli vedere quanto mi piace il cazzo

del dottore ma forse non serve che glielo dica, continuo a toccarmi il buchetto e sorrido come uno scemo. Anche Guido lo apprezza molto e non vuole farlo chiudere ma preferisce trovare un sostituto al dottore.

Ti racconterò tutto.

19.febbraio - DONATO N.
è appena andato via Michele,
ha il cazzo più grosso del dottore...

19.febbraio - RC
ho capito che sei incazzato con me forse perchè a tutte queste cose rispondo poco
ma ho un sacco di casini in questi giorni
ti penso tutte le volte che mi sego il cazzo
ma lui secondo me ci sta ripensando
mi scrive sempre più poco
e adesso se non vieni mi prende malissimo.

che cazzo è l'smtp?
è il server il uscita ma dove lo trovo?

19.febbraio - DONATO N.
In realtà non ne so niente, può darsi che si sia dimenticato. In questo periodo vediamo qualcuno e magari gli è sfuggita la tua mail.
Prova a sollecitarlo. Comunque non penso che ci stia ripensando.

Perché dici che sono incazzato e soprattutto perché dovrei esserlo?

L'smtp dipende dalla compagnia con cui hai il contratto per l'adsl.

ad esempio se hai ALICE l'smtp è smtp.alice.it
Facciamo così che è più semplice, dimmi con chi hai l'adsl.

20.febbraio - RC
mi sembra che tu risponda un po' piccato

20.febbraio - DONATO N.
davvero?
se hai avuto questa impressone ti chiedo scusa, ma c'è un motivo per cui dovrei essere
incazzato?
Non mi fai nessuna domanda su Michele, non vuoi sapere nulla?

20.febbraio - RC
voglio sapere tutto

20.febbraio - DONATO N.
rimani connesso 5 minuti che ti racconto

20.febbraio - DONATO N.
Ci piace un casino, piace ad entrambi, non vorrei esagerare ma penso che sia quello
che cercavamo da tempo. Si è trovato subito bene e noi anche, gli piacciamo ed è
entrato subito in confidenza.
Non so se hai visto il film Short Bus, ecco la sensazione che avevamo è quando i tre
scopano, non c'era imbarazzo, era tutto estremamente naturale, come se lo avessimo
fatto decine di volte prima. A Guido piace molto come mi scopa, sa coccolare e
essere deciso, quando mi entra nel culo diventa duro, deciso. Ma quando esce mi
rassicura. Mi ha scopato senza preservativo e anche questo non è servito dirlo.
Siamo stati bene tutti e tre e molto, ci siamo accordati per vederci 2 volte la
settimana. Una è poca per tutti.

Abbiamo iniziato sul divano, lui mi scopava da dietro e chiedeva a Guido di mettere la mano sul mio buco mentre mi scopava, usciva spesso per fargli vedere il risultato. Guido mi ha detto che ha visto il rosa in fondo. Si è eccitato da matti e anch'io. Mi è arrivato in pancia.

Poi Michele è voluto andare sul letto. Guido mi teneva in braccio e lui mi ha scopato con le gambe sulle sue spalle. É uscito mentre schizzava e mi ha schizzato sul cazzo. Con il senno del poi ti posso dire che mi ha schizzato anche dentro.

Se va come è andata sabato penso che lo vedremo per un po'. Siamo ben presi tutti e tre.

21.febbraio - DONATO N.
ma sei incazzato con me?

21.febbraio - DONATO N.
nessuna risposta?
ho detto qualcosa di sbagliato?

non ti chiedo tanto, mi basta anche solo una parola. Cazzo perché scompari per dei giorni interi?

21.febbraio - DONATO N.
Guido mi ha detto che gli hai scritto che ce l'ho con te.
Non ce l'ho con te né tantomeno sono incazzato.
È solo che questi tuoi lunghi silenzi insieme al fatto che ultimamente a tutto quello che ti scrivo rispondi parlandomi di Manuela mi fanno presagire un calo di interesse da parte tua.
Sono uno che si affeziona facilmente e inconsciamente e forse ingenuamente ho trasformato la nostra corrispondenza in una storia, virtuale quanto vuoi, ma pur sempre una storia.

Lo so, ti sembrerò paranoico e quello che ti ho scritto adolescenziale ma è così, ne ho
incontrati pochi che mi hanno scopato come te, tu mi stai scopando la testa, e l'idea di
perderti mi spaventa. Tutto qui.

Mentre ti scrivo sono pieno, Guido vive in uno stato di totale abbandono nei
confronti del mio buchetto. Oggi gli ho chiesto di fotografarlo perché voglio vederlo.
Ne ho visto uno in rete a cui aspiro, Guido ha detto che me lo regalerà ma che per
farlo vuole il tuo aiuto.

22.febbraio - RC
io ti scrivevo di lei perchè pensavo che ti eccitasse
io ti sto ad aspettare, scrivevo anche per coinvolgerti un po' nella mia vita
ho un po' di problemi col lavoro in questi giorni e forse si sente anche nelle mie
risposte
ma è tutto ok con te spero
non so come dirvelo ma non sono sicuro di potervi ospitare questa estate
se va avanti così devo vendere tutto

se dovesse succedere spero che troviamo un modo per vederci lo stesso

22.febbraio - DONATO N.
in effetti mi eccita ma sono dannatamente geloso, sai come vanno questi giochi, ti
viene il formicolio allo stomaco per la gelosia ma sei eccitato da matti.
L'idea di essere coinvolto nella tua vita mi gratifica e ti rende reale, forse troppo.
Mi dispiace per la tua situazione, dagli la precedenza che merita.
Non preoccuparti un modo lo troviamo, tu proprio non riesci a spostarti da Trapani?
Un bacio grande

23.febbraio - RC

grazie, non è ancora detto che sia così però purtroppo è possibile.

io spostarmi e come faccio?

posso prendere delle mezze giornate...

27.febbraio - DONATO N.

Ciao,

scusami il ritardo nel risponderti ma il lavoro ci tiene alle strette.

Vedrai che un modo per vederci lo troviamo. Se il lavoro dovesse continuare così penso che non avremo problemi a venire a Trapani l'ultima settimana di agosto. Lo spero, ho voglia di vederti e di toccare la persona con cui spesso ho immaginato di essere in contatto fisico.

Ieri è venuto Michele, siamo stati tutto il pomeriggio e serata insieme.

Stiamo bene con lui, dice che con noi è rilassato come non mai. Pare che gli facciamo del bene e questo ci piace molto. Le cose continuano a succedere con naturalezza anche se ieri lui e Guido mi hanno punito per una risposta data un po' alla cazzo (come si dice dalle nostre parti).

Lui continua a essere molto affettuoso prima di scoparmi, la cosa mi piace ma mi annoia anche un po' (in realtà annoia più Guido che me), ma quando entra diventa deciso.

Ieri mi hanno bendato e portato in camera, mi sono sentito vulnerabile e indifeso.

Erano loro che guidavano i miei spostamenti, non sapevo mai dove fossero, arrivavano all'improvviso. Mi hanno reso puttana, ero voglioso. Tiravo fuori la lingua appena sentivo uno dei due avvicinarsi. Ero in ginocchio.

Michele mi ha schizzato dentro due volte, una prima di cena durante la punizione mentre Guido mi schizzava in faccia e la seconda dopocena. La prima a gambe all'aria, la seconda a pecora mentre baciavo Guido.

Mi piace come mi scopa, è capace di creare quell'atmosfera in cui non esiste nient'altro che un culo e un cazzo, in questo caso due.

Guido lo trova simpatico ma poco eccitante perché troppo coccolone.

A me piace, ma non sei tu.

Mi manchi

29.febbraio - RC

io sono così

non metterle sul tuo sito

vieni questa estate dai

29.febbraio - DONATO N.

wow,

scusa l'espressione un po' banale ma sapevo che avevi il cazzo grosso ma non me lo aspettavo così, sono eccitato come una troietta.

Le ho fatte vedere a Guido pregandolo di portarmi a Trapani quest'estate, ha paura che sia un po' troppo grosso.

Non riesci a mandarmi una foto con qualcosa vicino in modo che mi possa rendere conto delle dimensioni effettive? avevi ragione quando dicevi che non ce l'hai mostruoso, mi piace molto.

Per quest'estate dobbiamo vedere come siamo messi con i soldi nel caso in cui tu non possa ospitarci, ma faremo il possibile.

Adesso ci manca solo sentirci telefonicamente, e mi piacerebbe tantissimo.

Se vuoi posso chiamati anch'io. Mi dici l'ora in cui sei libero e ti chiamo.

Ah, questa sera viene Michele.

29.febbraio - RC

te la faccio la sorpresa prima o poi

è quella da 500

se non ti piace puoi dirmelo

però non avere paura non ti faccio male, davvero

vedrai che entro tutto subito ma non ti faccio male

io quando lo punto entro

ma non ho mai fatto male, nessuna si è mai fatta male

29.febbraio - DONATO N.

mi piace, è Guido che ha paura che sia troppo grosso, mi sa che ti conviene scrivere a

lui :-)

Io l'aspetto la sorpresa anche se quella di oggi è stata molto piacevole. Ma 500 intendi

lattina?

come ti dicevo prima questa sera viene Michele ma il suo cazzo mi sembrerà piccolo

in confronto al tuo.

29.febbraio - DONATO N.

entro quando ti devo far sapere se veniamo?

29.febbraio - DONATO N.

Una domanda stupida:

ma il cazzo era duro per me?

MAILING - decima parte

01.marzo - DONATO N.

Ieri sera è venuto Michele,

sono riuscito a recuperare un pezzo di video che Guido ha caricato questa notte per

farglielo vedere.

Te lo mando, ovviamente lui non sa che io so.

Buona giornata

02.marzo - DONATO N.

Che fine hai fatto?

Ho detto o fatto qualcosa di sbagliato?

04.marzo - DONATO N.

É successo qualcosa?

04.marzo - RC

cazzo scusami sono malato e non posso uscire e come sai a casa non posso scrivere

vedere foto non posso fare un cazzo

04.marzo - RC

ti piace il mio cazzo lo so

vedrai come ti piacerà dopo

04.marzo - RC

cazzo non posso vedere il video adesso cazzo

ma ti avevo detto di non metterli su youtube

04.marzo - DONATO N.
anch'io ho la febbre…
il video non l'ho messo io su youtube ma Guido, io sono riuscito a rubargli il link e a
mandartelo.

Guarisci presto.

16.marzo - DONATO N.
che fine hai fatto?

17.marzo - RC
non so come dirtelo
ma penso che forse hai già capito
è venuto a casa perchè doveva andare a ballare con mia figlia e la sua ragazza
loro avevano perso il treno da Palermo dove erano con mia moglie
e lui è rimasto a casa mia ad aspettarle
non so dove ho trovato l'incoscienza per farlo
ma ho tirato fuori il cazzo
lui è rimasto lì come di sale
ti faccio solo una sega ha detto
ma l'ho fatto tutto la prima volta
voleva solo farlo strusciare ma io ero bagnatissimo si era bagnato tutto
ho strusciato fino a che non ho capito che era pronto
quando ho cominciato a schizzare ho spinto contro il buchino
e sono entrato tutto
lui non diceva niente, sono stato fermo un po' dentro
poi ho ricominciato da dietro

ma sono di nuovo venuto troppo presto

ho sentito le cosce aprirsi e ho sburrato come credo di non avere mai fatto

sono uscito ed è uscito tutto

lui è rimasto li a cosce larghe mentre lo guardavo

non potevo crederci

se ne è andato e non ha aspettato nemmeno loro

pensavo che non lo avrei visto più

e invece dopo qualche giorno è tornato

la sera prima di cena perchè secondo me sapeva che mi avrebbe trovato solo

se lo è preso tutto di nuovo senza segarsi nè nulla

si è fatto chiavare zitto zitto

nessuno dei due diceva niente

lo facciamo così, ci troviamo io lo chiavo bocca e culo

lui non dice niente e va via pieno

senza venire

credo che preferisca così

lo sburro sempre dentro

ma adesso lo voglio mettere con le mutandine

lo voglio fare puttana

se non vuoi più avere a che fare con me ti mando la chiavetta

ma ne soffrirei

17.marzo - DONATO N.

Ne soffriresti così tanto che per due settimane non mi hai scritto neanche una riga.

Vabbè, evidentemente non servo più, hai trovato il coraggio per farlo e sono contento

se in qualche modo ho contribuito alla cosa.

Possiamo continuare a scriverci ma ti chiedo di non entrare nei particolari, non mi interessano o forse sono solo geloso, era il nostro gioco.

La chiavetta tienila pure, ho tutto anch'io.

Un bacio

17.marzo - DONATO N.

P.s.: In fondo sono felice per te e Guido vorrebbe sapere il continuo della storia :-)

22.marzo - RC

anche tu mi manchi

pensavo non scrivessi più

e vorrei che venissi questa estate

mi sego sul tuo culo tutte le sere

quel video dove quello ti sburra dentro

si vede che gli piace sburrare dentro, mi sembra uno che sa come si chiava

senza pagliacciate ti sventra davanti al tuo uomo

ti fa tutto quello che vuole e come vuole

e questo perchè ti fa godere e tu ti scaldi per bene

sei un culo per cazzi grossi

ti chiava ancora?

spero di sì perchè ti farà un buchino bellissimo

hai altri video?

vorrei vederti scopato in tutte le maniere

22.marzo - DONATO N.

Stiamo continuando a vedere Michele, ormai non chiede più nulla, lo fa e basta.

Guido riprende tutte le volte che lo vediamo ma sta finendo di fare i montaggi, di materiale ce n'è tanto :-)

Mi schizzano tutti e due nel culo, a Michele piace allargarmi, e poi mi si passano,
Guido è il primo a schizzarmi nel culo, poi Michele. Di solito ci scappa anche il bis.

Con il tipo come va?
voglio sapere tutto fino ai minimi particolari.

Ah, sono contento che l'invito sia ancora valido, ho voglia di vederti.

22.marzo - RC
mmmmmmmmm chissà che buchino che hai
Guido che fa? guarda o partecipa?

23.marzo - DONATO N.
Guido è molto contento del risultato,
inizialmente si limita a guardare ma quando Michele gli fa vedere come mi ha ridotto
il buchino non resiste...

23.marzo - RC
mmmmmmmm
cazzo fammi vedere il buchetto del culo dai
in tutte le posizioni cambia posizione e riprenditelo
chiedo a lui delle foto se preferisci
ma lo sa che ci scriviamo ancora?
voglio che arrivi con il buchetto giusto
vuoi farmi tirare il cazzo come nessuno, no?
allora devi venire con un culo da puttana
e devi essere pronta a pensare solo al cazzo per una settimana
già ti vedo inculato da tutte le parti
con la faccia per terra e il culo all'aria

ti chiava così?

fatti fare delle foto così

e anche del buco prima e dopo essere stato chiavato

da tutti quelli che ti scopano

potresti farlo?

mi rovinerei di seghe

voglio vederti molto bene nel culo

accontentami dai

te lo chiedo col cazzo in mano

23.marzo - DONATO N.

Chiedile pure a Guido,

non ci sono problemi, non gli ho mai detto che abbiamo smesso di scriverci e, come

sempre, non sa quello che ci scriviamo.

A Michele piace scoparmi da dietro mentre limona con Guido, vuole fargli sentire in

bocca quanto gli piace il mio culo. A differenza delle primissime volte, mi apre, mi

passa a Guido e mi finisce nel culo. Una volta ho cercato di farmi venire in bocca ma

mi ha girato mentre schizzava e me lo ha messo nel culo.

A Guido piace molto come mi lascia il buco, dice che è più bravo del dottore, oggi

Guido ci ha infilato 2 dita.

Come ti dicevo prima a Michele una volta non basta, penso che scopi solo con noi e

anche noi in questo periodo non incontriamo nessuno a parte lui, anche se stiamo

pensando di fargli portare un amico ;-)

26.marzo - RC

mmm due dita è la misura giusta

il cazzo entra bene e viene bene avvolto

devi continuare così

è giusto che ti sburrino in culo all'inizio

le prime volte devi sempre farlo in culo fino a che tutto non sia chiaro

e qualche volta devi farlo anche se lui un po' non vuole

non so se capisci

ma credo di si perchè lo hai già trovato uno così

mi sono segato su quella cosa

in fondo lui ti ha battezzata

anche se lo avevi fatto prima e lo facevi col tuo uomo

con lui è stato diverso

ti ha battezzato

hai saputo che non saresti stato di un cazzo solo

26.marzo - RC

un culo lo apri veramente solo mentre lo stai sburrando dentro

un culo lo sa mentre lo stanno aprendo

e tu, quindi, sapevi

ma volevi così

26.marzo - DONATO N.

Anche Guido la pensa così, dice che è buco bellissimo,

io non mi vergogno più anzi mi capita spesso di toccarmelo e mi piace.

E mi piace anche quando Michele mi schizza dentro, sono già pieno quando lo fa,

mamma…

Con il ragazzo come procede?

Ho voglia di sapere cosa gli fai e come glielo fai, mi sarà più facile immedesimarmi

in lui.

Hai chiesto le foto a Guido?

Un bacio

28.marzo - RC

veramente lo vuoi sapere?

ho pensato che ti desse fastidio...

oggi in pausa pranzo me lo sono fatto in bocca

lui in ginocchio tutto vestito credo che pensasse che iniziavamo così

ma io avevo poco tempo e gli ho preso la testa

l'ho ficcato in bocca una decina di volte e poi ho schizzato tutto dentro

lui è rimasto in ginocchio e si è fatto finire la bocca da bravo

forse non voleva sporcarsi

poi si è girato e in ginocchio si è fatto una sega

ma ha sburrato subito.

Lo vedo tra un'ora e me lo faccio in culo, credo gli sia mancato visto che di solito

dopo averlo fatto sparisce per un paio di giorni.

Anche a te ti voglio far bere tutto

mi sono segato pensando di fottervi assieme

28.marzo - DONATO N.

è una cosa strana, mi eccita ma mi fa venire un nodo allo stomaco, ma probabilmente
fa parte del gioco.

Io ti voglio da solo, almeno per i primi giorni. Poi mi piacerebbe, anche se so che non
si può, che mi condividessi con il tuo amico di Sciacca.

Non ti dico quante volte mi sono segato pensando a questa cosa.

Ma la tipa, abbandonata?

Cazzo, però hai avuto coraggio…

ti sei lasciato andare, non solo lo hai fatto con un tipo ma con un tipo tuo
compaesano…

sono geloso da morire ma sono fiero di te.

Piccoli maschi crescono :-)
Un bacio

29.marzo - RC

che fai mi dai le lezioni?

lei va a Sciacca adesso, la vedo nel fine settimana, lavora lì all'albergo da quasi un

mese

e mi piacerebbe portarci anche te ma non credo che sarà possibile

anche io mi sego pensando di farti scopare da altri, non voglio solo scoparti io

voglio tutto quello che ha anche lui e ti voglio fare fottere

voglio farti fottere da due maschi siciliani e quando hanno finito loro ti voglio

chiavare io

te li voglio far prendere in culo come nelle tue storie

e come quello nel video

me lo sono fatto così ieri sera a pecora sul divano

prima che andasse a prenderla a Sciacca

l'idea che si incontrassero rotti nel culo mi eccita

ora sono tutti e due a due dita

ma lei ormai ha preso il volo

lui si farà chiavare di nascosto tutta la vita

vuole giocare a calcio e fare quella vita lì e vuole rimanere in Sicilia

ma il cazzo gli piace tanto non lo dice ma lo sento

farà divertire un sacco di maschi

come te

30.marzo - DONATO N.

Io non giudico e non do lezioni, non mi piace.

Però mi sono ricordato di uno dei primi messaggi che mi hai mandato dove mi scrivevi che non eri tornato nel mio blog per un po' perché ti aveva suscitato delle emozioni che cercavi di celare.

Quando mi hai detto del ragazzo sono stato tentato seriamente di non avere più niente a che fare con te ma poi mi sono detto che non ho nessun diritto visto che io vivo la mia vita senza renderti conto di nulla.

Però devi ammettere che da quando ci conosciamo hai fatto dei passi da gigante, dal vorrei ma non voglio sei passato al vorrei ma non posso fino ad arrivare al voglio e posso. E davanti a una tale trasformazione non posso non dirti che sono orgoglioso di te, ma questo non vuol dire dare lezioni né giudicare.

Non devi parlare con me della possibilità di farmi scopare da altri, né io né tu godiamo di un tale privilegio, la decisione spetta solo a Guido, se così non fosse si perderebbe il gioco di coppia e la cosa non mi interesserebbe più.

Mercoledì mentre tu ti scopavi il tipo sul divano Michele stava facendo lo stesso con me, mentre Guido ci guardava seduto in poltrona. Ha fatto foto e video. Quando Michele mi ha allargato Guido si è avvicinato ed è entrato subito. No so perché gli piaccia tanto come mi allarga Michele ma sta di fatto che mi riempie subito. A Michele piace venire quando sono già pieno, anche lui schizza quasi subito ma mercoledì l'ho fatto continuare anche dopo essere venuto.

Ora torno al lavoro.
Un bacio

MAILING - undicesima e ultima parte

02.aprile - RC

se per te va bene non voglio parlare di questo, almeno adesso

mi dici che hai i video ma non me li fai vedere

pensi che sia telepatico?

cazzo anche io vorrei entrarti in culo già aperto, ci credo che gli piace

il primo ti sfrega dentro per bene per farti incalorare e il secondo ti fa puttana

anche lei quando la fottevo per secondo era caldissima

aperta, morbida e puttana

voleva solo godere ancora

l'ho vista ieri è venuta al paese e se ne è andata piena

l'albergo le fa bene

e per me non se ne prende solo uno

aveva delle mutandine troppo belle

di lui non sospetta nulla, mi ha detto che gli fa menate perchè la vede poco

lui ormai è lanciato

più si apre e più gli piace

ha cominciato ad accorciarsi i peli tra le cosce

gli ho detto che per andare in bici deve rasarsi e anche per giocare a football è meglio

03.aprile - DONATO N.

Ok, come preferisci ma pensavo che tra di noi non ci fossero tabù, ti ho sempre

vissuto come una sorta di diario a cui confidare le mie sensazioni.

Capitolo chiuso :-)

A Michele piace scoparmi dopo che Guido è venuto ma anche iniziare per primo. ha

il cazzo largo e quando entra sento il buco tendersi, sento proprio lo scatto di quando

si apre e il cazzo di Michele entra, è una sorta di toc che probabilmente sento solo io.
penso che anche lui se ne sia accorto perché rimane sempre immobile per qualche
istante.

Ormai sta diventando una frequentazione assidua, lo vediamo quasi tutte le settimane
e ultimamente gli stiamo proponendo di allargare la compagnia, Guido vorrebbe
vedermi scopato da due e a me la cosa stuzzica. Siamo una coppia a cui piace
giocare, ma questo lo sai, e sono curioso di sapere fino a che punto saremo in grado
di spingerci.

Ieri sera ha rivisto quello della palestra, purtroppo, però, il bagno turco era affollato.

Aspetto tue nuove.
Un bacio

20.aprile - RC
forse sono stato scortese col tuo uomo e non mi risponde
anch'io vorrei vederti scopato da due
sei uno che ci sta bene in mezzo ai cazzi
mi sono menato il cazzo spesso pensandoti circondato da grossi cazzi
mi piacerebbe vedere come ti si infilano in culo mmmmm
ma è destinato a rimanere un sogno perchè odio la gomma
tu che cerchi di soddisfarli con bocca e mani ma tutti ti vogliono finire in culo
fammi vedere i video di quando ti finiscono in culo e fatti fotografare subito dopo
ti amo ancora
puttana

21.aprile - DONATO N.
Ciao,

Stiamo pensando di fare un film porno con me come protagonista. Quest'estate faremo tappa fissa in Abruzzo e ci sposteremo per incontrare persone che vogliano essere riprese mentre mi scopano.

Con Michele va benissimo ma comincia a non bastarci più, é diventato una sorta di fidanzato della coppia e come tale va tradito. Non siamo fatti per la monogamia e tu hai contribuito molto a farci capire questa cosa.

Da quando mi hai scritto la prima volta TI AMO PUTTANA tutto é cambiato.

Stiamo pensando di venire a trovarti in agosto ma purtroppo non riusciamo a fare progetti precisi a lungo termine.

Ho provato ad indagare se Guido ce l'ha con te ma é soltanto incasinato e sta pensando di farti un montaggio che raccolta tutti quelli che mi hanno fatto nel culo.

Continua ad amarmi e sarò sempre di più la tua puttana

21.aprile - RC

mmmmmmmmmmmmmm con "me" come protagonista...

mi hai fatto venire il cazzo duro

sei proprio una puttanella egocentrica mmmmm lo sapevo

sei vanitoso e ti fai scopare da tutti per questo

voglio che vieni in agosto ti voglio chiavare, voglio depilarti metterti in mutandine e farti puttana davvero

fammi vedere il buchino dai

non mi faccio riprendere, non posso, lo sai

21.aprile - DONATO N.

Lo so che non puoi farti riprendere, se può convincerti la nostra idea è quella di essere tutti tassativamente mascherati e eventuali tatuaggi verranno coperti. Come location ci piacerebbero i motel.

Per quest'estate facciamo il possibile, voglio che tu mi faccia tutto quello che mi hai detto in questi mesi, ma purtroppo non possiamo darti la conferma.
Sollecito Guido per farti vedere qualcosa, penso spesso al tuo cazzo.

28.aprile - RC
mmmmmmm
cazzo mi piace l'idea
dovreste arrivare qui alla fine per l'ultima puntata
ti voglio col buco perfetto
devi prepararti

lo so che non ti piace che te ne parlo ma questa la devi sapere
non si è fatto chiavare per due giorni
poi ieri mi ha chiesto di portarlo a Palermo all'aeroporto perchè sale a Milano tre giorni
in autostrada ci siamo fermati in autogrill e dopo il caffè siamo andati a pisciare
lui continuava a dire che non voleva che mi incazzassi ma che non lo fa più perchè non lo fa stare bene
ho tirato fuori il cazzo per pisciare e anche lui
l'ho sgocciolato ed era semiduro
siamo ripartiti e lui non parlava più
dopo un po' di chilometri in silenzio gli ho chiesto se lo voleva in culo
non ha risposto
mi sono fermato ed eravamo un po' in ritardo
si è messo subito sul sedile a culo in aria
l'ho ficcato subito in culo
ha iniziato a frignare come una troietta e io a fottere
pochi minuti e mentre gli sburravo in culo tenendogli le mani dietro la schiena
mi ha pisciato la sua sburra sul sedile cazzo

cazzo

28.aprile - RC

cazzo lo voglio fare il porno

28.aprile - DONATO N.

Sono contento di leggere questo messaggio, sono in una lavanderia a gettoni e mi sono eccitato, sono fradicio.

Mi spiace non essere riuscito a risponderti prima ma ho avuto una settimana di lavori in casa, sono distrutto.

Eccitante quello che mi hai scritto lunedì, mi immagino lui che schizza mentre tu gli riempi il culetto, cazzo cazzo cazzo, non posso pensarci! Sono seduto a gambe larghe verso la strada e ho il cazzo duro, mi é venuta voglia di essere fatta puttana, lo voglio essere perché tu possa continuare ad amarmi.

Quando mi hai mandato l'e-mail lunedì ero in autostrada con i miei, loro erano in bagno ma io non avevo bisogno, appena finito di leggerlo, ho aspettato che i miei tornassero alla macchina e sono andato in bagno, volevo assolutamente toccare un cazzo e volevo essere ravanato tra le cosce. In bagno c'era solamente un uomo, brutto ma brutto come pochi ma non ho resistito, era a 2 pisciatoi dal mio, mi sono avvicinato e aveva un cazzo enorme. Gli ho fatto una sega ed è venuto praticamente subito. Voleva portarmi nel cesso per scoparmi ma non avevo tempo.

Tu sarai la conclusione del porno, arriverò da te con il culetto perfetto.

Un bacio

28.aprile - RC

dovevi farti scopare, devi sempre farti scopare

lui è a Milano fino al 2 vado a chiavare a Sciacca adesso quando posso

ieri abbiamo festeggiato il suo 19 compleanno

te l'ho detto che adesso lavora li?

mi hanno detto che se la sono fatta anche dei clienti

sta diventando una gran fica

ma deve stare attenta che non si sparga la voce che se la fanno in culo tutti

02.maggio - RC

ero già stufo di lei

ma mi eccita molto vederla chiavata da altri

è diventata bravissima

gli scivola il cazzo in culo e dalla faccia capisci quanto è fottuta

lui è violento ma eccitante

non si fa nemmeno succhiare

la incula e basta

02.maggio - DONATO N.

Ma allora hai iniziato anche a guardare?

Mmmmmm

02.maggio - RC

mi piace moltissimo guardare

non possiedi qualcuno se non lo vedi fottuto in culo da un'altro

02.maggio - DONATO N.

E vorresti vedere scopato anche me?

02.maggio - RC

già un po' ti vedo

ma se fossi in quello ci metterei un po' più di violenza ti metterei la testa giù

torace schiacciato a terra e culo all'aria

lui la incula così e mi piace

mi ha fatto guardare anche di nascosto

e poi l'ho fatta io senza che lei sapesse che avevo visto

e sono stato cattivo

stasera viene il fidanzato

05.maggio - DONATO N.

mercoledì è stato così, non mi ha permesso di toccarmi l'uccello e ha iniziato

piegandomi sulle gambe di Guido e poi sul divano, in ginocchio con il torace contro

la seduta. É stato duro, faceva dentro e fuori, è entrato senza lubrificarmi, lo ha

appoggiato ed è entrato tutto. Si lamentava perché non inarcavo abbastanza la schiena

e così ci ha pensato lui a farmi stare con il culetto sollevato, spesso mi capita di

immaginare che al suo posto ci sia tu, ma presto ci sarai.

Quando ha ceduto il posto a Guido, avevo il buchetto aperto, anche lui è entrato

senza problemi e ha iniziato a schizzare quasi subito.

Ho ancora il culetto sottosopra ma mi piace così, mi piace portarmi per giorni i segni

di una scopata.

Guido dovrebbe avere il video di mercoledì, fossi in te glielo chiederei ;-)

Com'è andata con il ragazzetto?

Un bacio

P.s.: e così con la diciannovenne hai fatto un ottimo lavoro, eh? Non puoi

abbandonarla adesso che l'hai resa pronta ai maschi, quel culo ti appartiene come il

mio.

p.p.s.: stiamo pensando di cornificare Michele, ormai non vediamo più nessuno a

parte lui e la cosa ci va un po' stretta.

Un bacio

08.maggio - RC

va bene va bene ma ne parliamo un'altra volta

così ti ha chiavato per bene, hai trovato un cazzo cattivo

lo capisco, hai un culo da violenza e lo sai

hai un culo che ti viene da stuprarlo

se lo fai continuare ti stupra lo so

e che ti facesse non proprio con la forza ma deciso deciso mi piacerebbe

voglio vedere come ti mette giù

fammi vedere il video dai lo so che puoi

oggi se lo mandi posso vederlo fino alle 8

28.maggio - RC

non ci si sente da un po'

che avete deciso di fare in estate?

voglio vederti

con lui sto facendo un buon lavoro, adesso entro e esco dal culo

e gli piace, sburra sempre quando lo chiavo così e mi sporca le cose

28.maggio - DONATO N.

Stavo pensando proprio a te in questi giorni. Ti chiedo scusa per la risposta tardiva
ma non c'é stato un vero motivo per il ritardo. Ho rivisto le foto del tuo cazzo ieri o
l'altro ieri e lo voglio!

So che non ti piace quando mi esprimo con questi termini ma é quello che penso e
questa mattina non saprei dirlo diversamente. Nel mio immaginario tu sei il terzo
perfetto e ti dobbiamo molto per alcune situazioni che si sono create il questi mesi di
mailing.

Sabato andiamo via per una settimana, probabilmente in Francia, avevo proposto a Guido di venire a Trapani, ma con il cane l'unico mezzo possibile é la macchina e non é un tratto breve :-(

Discorso diverso se dovessimo partire dall'Abruzzo (casa dei miei).

Purtroppo, per il lavoro che facciamo, non riusciamo a fissare le vacanze a così lunga scadenza, ma non ti nego che mi piacerebbe moltissimo (anche se non ho mai sentito la tua voce..)

P.s.: il video con Michele non sono riuscito a recuperarlo perché Guido non ci ha più lavorato.

Un bacio

15.giugno - DONATO N.
che fine hai fatto?
ho detto qualcosa di sbagliato?

19.giugno – RC

ho lasciato mia moglie
devo pensare un po'
volevo ringraziarti per questo

- fine -